ヴェルアンの書

〜シュ・ヴェルの呪い〜

JN286367

榎木洋子

小学館ルルル文庫

紹介

藤桐《とうどう》サツキ

15歳。ヤエトの民。コダール大陸の西のはずれにあるキルガ公国のコノギ村に住んでいる。黒髪黒目で、凛《りん》として艶《あで》やかな少女。潔《いさぎよ》く元気で優しい。父と同じ侍《さむらい》を目指し剣術に励む。セルキスとの出会いで運命が動き始める。

藤桐ヒロチカ

サツキの父。侍の称号《じょうごう》を持つ。白虎《びゃっこ》将軍所属。病床《びょうしょう》でヴェルアンの"タリハ"が会いにきてくれるのを待っている。"記憶の腕輪"を娘のサツキに譲り、ある宿命を娘に託すが…!?

登場人物

セルキス

18歳。知識と芸術の女神シュ・ヴェルの呪いがかかっているヴェルアン族。金髪碧眼《へきがん》で美しく品がある青年。サツキの父ヒロチカと何か因縁《いんねん》があるようで…。“記憶の腕輪”をめぐってサツキと共に旅に出ることに。

藤桐ミワコ

サツキの母。とても優しく気丈《きじょう》。サツキとヒロチカを心から愛して支える。

目次

イラスト／あき

ヴェルアンの書

～シュ・ヴェルの呪い～

ヴェルアンの書は語る――

旅の終わりは
ここからはじまったのだと。

序章

青い鳥が飛んでいた。

冬の終わり。あるいは春のはじまりの、冷たく湿りながらかすかに甘い匂《にお》いのする空気の中を、鳥は天高く飛んでいた。

鳩《はと》によく似ていたが鳩ではなかった。普段見かけるものよりひとまわり大きく、身体は夏の空よりも澄んだ青色で、尾羽《おばね》だけが白く孔雀《くじゃく》のように長かった。

鳥は聖鳥《せいちょう》と呼ばれる神の使いだった。

青色は知識と芸術の女神シュ・ヴェルの使いのしるしだ。

青い聖鳥の飛ぶ空の上は、風もゆるくおだやかだった。

東の大いなる壁、カヌアダイル大山脈を吹きおろす強風もここまではとどかない。

また西からの海風も、この時期ぐっと弱くなる。

そこで鳥は安心して大きく羽を広げ、ゆったりと風に身をまかせながら遙か眼下を見た。

地上には乾いた大地が広がっている。乾期と冬の寒さで涸《か》れた岩肌の目立つ草原だ。

そこに細くつづく白茶《しらちゃ》けた道があり、ひとりの旅人が馬に乗って進んでいた。

向かうのは西だ。

旅人は道と同化しそうな薄茶色のマントを頭からすっぽりとかぶっている。もともとは白かったものが、長い旅の間に汚れたのだ。

かれは聖鳥の旅の道づれだ。

前の聖鳥から役目を引き継ぎ、もう五日も視界の下にいる。

鳥の仕える神によれば、かれの目的地はこのコダール大陸の西にくっついているバランジャ半島だという。

鳥は前方に目を移した。

遠く遙かに青く霞《かす》むバランジャ半島の山々が見える。

あの山々の影が落ちる場所には鳥の仕える神とは別の力が息づいている。

大昔、遙か西の海からやってきた〝ヤエトの民〟が暮らす土地だ。

かれらは当初鳥の仕える神とは別のものを信じていた。

しかしシュ・ヴェル神を初めとする他の三神――。

死と法律を司《つかさど》るカヌー・シュ神。

生と豊壌《ほうじょう》と結婚を司るイラ・パシス神。

狩りと戦いを司るアズ・フース神。

これらの神のしめす辛抱《しんぼう》強い慈愛《じあい》とおのおのに仕える神官たちの奉仕により、いまでは大陸の他の民同様に大いなる四神《しじん》を信奉《しんぽう》するようになった。またおのおのの神の神殿も町や村に持つようになった。

そのヤエトの民が住む地へ行くには、鳥の羽ならひとっ飛びだが大地を進むしかない馬と人間ではあと二日はかかるだろう。

それについて鳥は別段あせりも苛立《いらだ》ちもしなかった。神と結びつく鳥にとって時間はなんの意味もなさないのだ。

鳥に意味があるのはこの道づれの身の安全だ。

そして目的地である半島の奥まった小さな村へ辿《たど》りつくのを見届けることだった。

第一章　コノギ村のサツキ

家の外へでたとたん夜明けの冷たい空気が身体を包んだ。

「しまったな。もう一枚羽織《はお》ってくるべきだったかも」

サツキは顔をしかめた。口からは白い息がもれる。

春というにはまだ浅い季節で、路面は朝露《あさつゆ》にぬれている。サツキはすべらないよう気をつけながら、村の外にあるタ一ロ川へとむかった。

今年十五歳になるサツキは背が高くほっそりとした身体つきをしていた。ヤエトの民らしく黒髪黒目《くろかみくろめ》で、長い髪は邪魔にならないよう頭のうしろの高いところでひとつに結んでいた。よく日焼けした肌はもとの色は生成《きなり》の木綿《もめん》のような淡い色だ。

空は白々《しらじら》と明けはじめたばかりだが、働き者の村人らはすでに起きだして朝の仕事をはじめていた。しかし村はずれに住むサツキはだれとも会わずに村の外へでることができた。

別にこれから悪いことをしに行くわけではない。たんに人に会いたくないのだ。最近みんな、顔をあわせるたびに父親の容態《ようだい》について聞いてくるからだ。サツキの父親は昨年の秋からずっと伏せっているのだ。

（みんな父さんのことを好きだし尊敬しているし、だから心配で聞いてくるのはわかってるけど……）

しかしそこで「順調です」とか「回復にむかっている」とか明るい答えが返せなくては、聞いたほうも聞かれたほうも気持ちがふさいでしまうのだ。なにより気の毒そうな顔で「きっとよくなるよ」なんてはげまされるのが一番困った。それが果たして叶《かな》うかどうか、サツキが一番疑っているとあっては。

やがてサツキの耳にゴウゴウと水の流れる音が聞こえてきた。ターロ川の流れだ。この時期山からの雪解《ゆきど》け水《みず》で川は増水し、見るより先に音が聞こえてくるのだ。

足の速いサツキが村をでて十分ほどがたっている。この頃には空もすっかり明るくなり、東には朝焼けの色も見えてきた。

その光のなかでターロ川は水しぶきをあげて白く光っていた。音の示すとおり流れも急で、夏前の雨期に次いではげしくなっている。特にサツキのいるあたりはカーブの外側にあたり、深みもあって簡単に人を押し流す危険な場所だ。

だがサツキは縁《へり》にたつと水につきだした岩を見つめ、すぐに川縁《かわべり》を蹴《け》った。

ふわりと浮いた身体は落ちはじめたが、落ちた場所には岩が顔をだしていた。サッキの爪先《つまさき》は確実にそれを捕らえ、ふたたび蹴《け》って次の石へと跳ぶ。恐れも迷いもなかった。

こんな芸当ができるのはサツキが小さいころから【侍《さむらい》】の父について訓練をつんでいたことと、服装が村の娘たちとは大きく違うからだった。

サツキの服装は袖無《そでな》しの腿上《ももうえ》までの着物あわせの胴着《どうぎ》のなかに厚手の筒袖《つつそで》のシャツを着て、足には東国風のほっそりしたズボンをはいたものだ。胴着を締めるのは手幅ほどの細身の帯で、うしろで簡単な貝結《かいむす》びにしてある。いわゆる男締めというものだ。そこに気がむけば母親のくれた鮮やかな色の帯締《おびじ》めを結ぶ。お洒落《しゃれ》といえばそれくらいだ。

村の幼なじみの娘たちはとっくに男の子のような格好をやめ、足首まで隠す長くて裾《すそ》の広がった東国風に仕立てた着物を着て、母親に料理や裁縫《さいほう》や洗濯を習っている。髪もサツキのようにひとまとめにするのではなく、ふたつに結《ゆ》いあげてみたり三つ編みにしてまとめ、かんざしをつけたりと、要するに娘らしいお洒落をしている。サツキも兄や弟がいたなら同じことをしていただろう。己《おのれ》の運命に疑いもいだかずに。

だがサツキは侍である父親のただひとりの子供だった。幸か不幸かで言えば、父親にとっては不幸でサツキにとっては幸運だった。女性の美徳と言われる、お淑《しと》やかとか、物わかりよく素直にとか、控えめで男をたてるなどといったものは、おおよそサツキの魂《たましい》に刻まれていなかったのだ。

サツキは靴底《くつぞこ》以外さしてぬらすことなく川を渡りきると、自分の動きに得意げに微笑《ほほえ》み、川上の目当ての場所へ歩きだした。

こんなに朝早くに川へ来たのは遊ぶためではない。昨日しかけた魚とりの罠《わな》を引きあげるためだった。

カーブの内側にあたるこちらはむこうとは変わって流れがゆるかった。水面も穏やかに微笑んでいる。流れに疲れた魚たちが一息つきにくるのだ。

川縁《かわべり》の杭《くい》に結んだ縄をたぐりよせしかけた罠を引きあげると、サツキの顔がぱっと明るくなった。

「よかった、これならいい。父さんに栄養をつけてあげられる」

三角錐《さんかくすい》に編んだ竹カゴのなかに川魚が三匹入っていた。うち、まるまる太ったやつが二匹。もう一匹は少々若すぎた。

サツキは太った魚だけ持ってきたビクに移し、小さい魚は川にもどした。タ一ロ川はけっして豊かではない。若い魚は逃してやるのが村の決まりだった。

サツキは縄を離して竹カゴをさっきの位置へもどした。夕方もう一度見に来て魚がかかっていたら、今度は家の力仕事や雑用をこなしてくれるタスケ夫婦にやるつもりだった。去年結婚した若いふたりは、今年になって子供が宿ったと嬉《うれ》しそうに話してくれた。タスケがあまり蓄《たくわ》えのないなか、嫁フミのためにすこしでも栄養のあるものを食べさせようとがんばっているのをサツキは知っているのだ。

「もう一度、まるまる太ったやつを頼んだからね」

縄を軽く引いて竹カゴの位置を修正しながら言う。

と、袖《そで》の下で手首がチリリと痛んだ。小さな針でチクチク刺されるような痛みだ。

サツキは顔をしかめて長い袖をめくった。

そこから銀色の腕輪が顔をだした。

痛んだ箇所は腕輪の下だったため、サツキはすこしずらして見てみたが、皮膚《ひふ》はやはりなんともなっていない。サツキは無意識にその箇所をこすった。

腕輪は簡素なデザインだった。平たい腕輪の中央に太陽がひとつと、その左右に短い蔓草《つるくさ》が刻印されているきりだ。飾り石のひとつもない。サツキはこれを十日前、少々特殊な状況下で父親から譲《ゆず》り受けたのだった。

サツキの父親、籐桐《とうどう》ヒロチカは村でただひとりの侍《さむらい》だった。

侍とはヤエトの民独特の身分の称号だ。大陸の東側で使われる「騎士」に似ている。大昔、サツキたちの先祖が遙か西の陸地から持ち込んだ習慣のひとつだ。

東の騎士と違い、侍は世襲《せしゅう》ではなく一代かぎりの地位だ。一年に一回、半島の付け根付近にある都で侍を選ぶための文武《ぶんぶ》両方の試験が行われ、そこで認められた者のみが——男でも女でも老人でも——称号を得ることのできる、ヤエトの民が作る特権階級のひとつでもあった。

その侍であるサツキの父親が病《やまい》に倒れたのはいまから一年前だ。半年ほどはそれでも起きて歩き回ることができたが、去年の秋口からはみるみるうちに痩《や》せはじめて、ついに病床《びょうしょう》についた。小さいころはらくらくとサツキをぶら下げて歩いてくれた腕も、いまは折れそうなほど細い。身体も軽く、サツキと母だけで持ちあげることもできるほどだ。

最近は食事も半分以上のこすようになっていた。だんだん呑《の》み込む力も弱くなっているようだ。口にいれたまま額《ひたい》にしわをよせ、長い時間をかけてやっと嚥下《えんか》する。

そんな状態でも父親はけっして食事を抜くことはなかった。必死に食べていた。それこそがすでにないはずの自分の命をつなげることだと知っているように。そして、命を一分一秒でも長くつなぐことこそ自分の重要な仕事だとでもいうように。

三日に一度隣村から診察にくる医者には、生きているのが奇跡だと言われている。最初の見立てでは、せいぜい持って年明けまでだろうと言われたのだ。それがもう三ヶ月も延びている。

「さすがは侍《さむらい》だ。われわれとは身体の作りが違うようだ」

医者は感心して言ったがサツキはそれだけではないと知っていた。父が懸命に命にしがみついているのには理由があるのだ。

サツキは病床《びょうしょう》についた父が一度だけつぶやいたのを聞いていた。

「二十二年か……。長すぎるぞ、早く来い」

日がかげり暗くなった部屋でぽつりともらした言葉は、妙に優しくもあった。

だれに対しての言葉なのかは聞けなかった。

だが、待っているのだ。サツキにも母親にもわからないだれかを。


「母さん、ただいま！」

家に帰ったサツキはビクを掲《かか》げて真っ先に台所へ顔をだした。母親がそこにいることは最初からわかっていた。朝ご飯のいい匂《にお》いがしていたからだ。

「サツキ、朝早くからどこに行っていたかと思ったわよ。せめて行き先くらい言っておいてちょうだい」

野菜を刻んでいた母ミワコがふりかえって小言《こごと》を言いはじめる。

サツキはにやにやと笑って母親に近づき、持って帰ったビクのなかを見せた。

「見てよ、魚をとってきたの。罠《わな》に二匹もかかってたんだ。太ったやつが二匹も。父さんの好きな塩焼きや蒸し焼きが作れるでしょ」

「――あら、本当。まるまるとしたいいお魚ね」

母親の声からは一瞬でとげとげしさが消えた。

「鱗《うろこ》とワタをとって下ごしらえをしておくから、サツキ、お父さんになにがいいか聞いてきてちょうだい」

サツキはうなずくと母親にビクを渡して父親の寝る部屋へ行った。

カーテンのしまった薄暗い部屋のなかは、病人独特のすこしすえた臭《にお》いがしていた。

サツキはそっと部屋のなかを横切り、カーテンの奥へ手を伸ばして空気をいれかえるために細く窓を開けた。

「……すこし引いてくれ」

木枠《きわく》を組んだベッドの布団《ふとん》のなかからかすれた声が言った。

「まぶしくない？　父さん」

サツキは父の言葉を正確に読み取り、カーテンをゆっくり引いて開けた。

部屋のなかに光がさすと、寝台の上の青白い顔もよく見えた。

　この家の当主でサツキの父親である篠桐ヒロチカは目を閉じたが「平気だ」と答えた。かれの枕元には侍《さむらい》の証《あかし》でもある刀がおかれている。長い打刀《うちがたな》と短い脇差《わきざし》の二本だ。起きているときはいつも身につけていたものだ。

　サツキは寝台の脇にいくと椅子《いす》にすわって父親をのぞき込んだ。ヤエトの民の特徴である黒髪はすでに生《は》え際《ぎわ》が真っ白になっている。頭全体にも幾筋も白い線が入っていた。この半年で急激に白髪《しらが》に変わったのだ。頬《ほお》もこけているがその目にはまだ力がある。サツキの好きな頼もしい父親の目だ。

「川に行ってきたのか。匂《にお》いがする」

「うん。朝ひとっ走りいって魚をとってきたの。父さんに教えてもらった罠《わな》を使ってね。こんなまるまる太ったやつ二匹。父さん、川魚の塩焼き好きだったでしょう」

　手を使って魚の大きさを表すサツキに父親は低く笑った。

「なるほどな、子供が病気になりたがるわけだ。好物を食べさせてくれるのだからな」

「今日はたまたまちゃんと魚がかかったからなの。ターロ川の神さまがけちんぼだって知ってるでしょ。……ね、なにが食べたい。母さんが下ごしらえして待ってるって。塩焼きにする？　蒸し焼きも好きだよね。二匹あるからいっそふたつとも作ろうか」

　父親はしばらく沈黙したあと首をふった。

「いらないって意味？」

サツキの顔が曇る。

「いや……。皆で食べられる料理がいい。二匹とも私のためだけに作るのは……もったいない」

父親はサツキにむかって、わかっているのだろうとかすかに唇の端を持ちあげた。

確かにいまのかれは食も細く、川魚を一匹まるまる食べることもできない。サツキは父親に見えないよう膝《ひざ》の上でぎゅっと拳《こぶし》をにぎった。

「うん、わかった。母さんにそう言ってくるね」

「まて、サツキ」

椅子から立ちあがるサツキを父親は呼び止めた。

「腕輪はちゃんとつけているか？　痛みのほうはどうだ。まだあるのか」

「ここにちゃんとつけてるって。痛みはごくたまにかな。今朝《けさ》は川に行ったときの一回だけチクチクっとしたぐらい」

サツキは袖《そで》をめくって銀の腕輪を見せた。無意識に腕輪をなでて、これを譲《ゆず》られたときのことを思い出した。

いまから十日ほど前。冬が舞い戻ったかのようなひどく寒い夜、父親は高熱をだした。

額《ひたい》にふつふつと汗がわき、それでいて身体はガタガタと震えていた。

サツキも母親も必死で看病をしたが、医者のおいていった熱冷ましの薬を飲ませても、熱はいっこうに下がらなかった。

夜明けになっても容態《ようだい》は変わらず、むしろ悪くなっているほどだった。唇は乾き、眼窩《がんか》は落ちくぼみ、たまに開く目は熱ににごり、なにも映していないようだった。そんなときは「タリハ」とか「神殿の記憶」とか「シュ・ヴェル」「ヴェルアン」など、とりとめのない言葉をつぶやいていた。

それらのなかでサツキが理解できたのは、大陸で奉《まつ》られる蔓草《つるくさ》の刺青《いれずみ》を持った『知識と芸能の女神』シュ・ヴェルの名と、この女神にまつわるふしぎな能力を持つ一族ヴェルアンの名だけだった。

病床《びょうしょう》についてからはいままでも何度か熱をだすことがあったが、母親もサツキも、今度こそだめかもしれないと疲れて鈍《にぶ》くなった頭の奥で覚悟した。

そして明け方ちかくになったあのとき。ずっと意識ももうろうとさせていた父親は、母親がタオルをぬらす水をとりかえに部屋をでていったとき、震える声でサツキを呼んだ。

「どうしたの父さん。どこか苦しい？」

サツキは枕元に顔をくっつけて聞いた。父親の声はか細く、そうしなければ聞き取れなかった。

「サツキ、おまえに、これを譲《ゆず》る……」

そう言って父親は震える手で銀の腕輪をはずした。サツキが覚えているかぎりの昔からずっと父親が身につけていたもので、とても大切なものだと聞いていた。

その腕輪を手のひらに押しつけられ、サツキはかぶりをふった。

「だ、だめだよ父さん。これは父さんの大事な……」

これを受けとることがなにを意味するのか。本能的に察したサツキは身体を引いた。父親はそれを許さず、サツキの手をぐっとつかみなおした。

「よく聞け、サツキ。これを拒否するな。これはとても大事なものだ。いまは話しても理解できまいが、これには多くの人々の願いが込められている。おまえの命で必ずつないでくれ。この腕輪は生きている……」

高熱のため父親は錯乱《さくらん》しているのだとサツキは思った。腕輪が生きてるなどあり得ない。おまけにサツキの腕をつかむ手は、病気の身体のどこにそんな力がと思うほど強く、手首はこのあと二日間赤く腫《は》れた。

「私のただひとつの……わがままだ。うんと言え……言ってくれ」

サツキを見る目はギラギラと異様に輝き、とてもまともには見えなかったが、サツキは結局うんとうなずいた。これを受けとることで父親の錯乱《さくらん》が収まるならそれでいいと思った。

その考えは間違っていなかった。腕輪を受けとると父親の顔はみるみる安らいでいき、かすかな笑顔さえ浮かべてサツキに腕輪をはめるよううながした。

腕輪はうしろが一部開いて、そこに革紐《かわひも》を通して結ぶ作りになっていた。しかし革紐を解《と》かなくともサツキの手はらくらくと腕輪をくぐり、父親のように手首にはめるにはゆるすぎた。

「本来なら二の腕につけるものだったんだ。……気にするな。いずれ馴染《なじ》む」

父親はそう言うと腕輪の上に手をおき、いままでと違う厳《おごそ》かな声をだした。

「我、篠桐ヒロチカは我が娘サツキに太陽の腕輪を譲《ゆず》り渡す。これ以後腕輪の正統なる持ち主は我が血をわけしただひとりの娘サツキとなる。我が娘はこれを承諾《しょうだく》し、日の昇る間と日の沈んだ間、肌身離さずこの腕輪を身につけるものとする」

父親の言葉に反応して、枕元の棚《たな》におかれた侍《さむらい》の刀がかすかに燐光《りんこう》を放ち、高い音で鳴った。

特別な儀式めいた雰囲気《ふんいき》にサツキはとまどった視線をむけた。なにか言おうと口を開いた瞬間、サツキはうっと呻《うめ》いた。腕輪が熱い鉄のようにサツキの皮膚《ひふ》を焼いたのだ。

とっさに腕を押さえたが、痛みは一瞬で消えた。腕にもなんの跡もなかった。

父親が直前までつけていたものなので、その熱が移ったのかと思ったが、翌日もふとした拍子《ひょうし》に腕輪のふれる部分がチクチクと痛んだ。腕輪の内側を指で触って調べてみても、刺《とげ》のようなものはなにもなかった。高度の彫金《ちょうきん》技術を思わせるなめらかな輪だ。

また痛みはひと呼吸する間に治まるが、それの起こるタイミングはまったくつかめなかった。朝ご飯を食べているときに痛んだかと思えば、母親の疲れた肩をさすっているときにも痛んだ。あるいは今朝《けさ》のように川で魚をとったときに。

「痛みは……そのうちひくだろう。だいじょうぶだ。それより必ず身につけておけ。夜、寝るときもな」

「はい。わかりました」

父親は満足げにうなずいた。サツキも今度こそ母親のもとへもどろうとしたが、またしても父親はとんでもないことを言いだした。

「あとは、サツキ……。本当ならもう少しあとに言うつもりだったが、おまえはもう充分鍛《きた》えられている。だから、侍《さむらい》の称号をとりに都へ行け。もうすぐ今年の試験がはじまる」

サツキはあんぐりと口を開けた。その顔にさまざまな思いが浮かんだが、やがて頭を横にふった。

「侍になりたくないのか？」

「まさか、なりたいよ！　父さんのような立派な侍になりたい。いつかは行こうって思ってた。でも……今年じゃない。いまは父さんをほっておけないもの」

　父親はこのことでサツキと言い合う気はなかったのか、それとも疲れたからか、布団《ふとん》のなかで独り言のようにつぶやいた。

「心配するな。来月にはもっとよくなる……」

　サツキは硬い顔で部屋をでた。

　いまの父親の言葉はもう何十回目も聞いていた。もちろん翌月になって容態《ようだい》がよくなることはない。寝ついて以来じわりじわりと悪化しているのだ。

　部屋の扉を静かに閉めると、サツキは台所の母親のもとへ行った。

「話し声が聞こえたわ。お父さん、起きてらした？」

「うん。窓を開けたら、カーテンもすこし開けて欲しいって言ったよ。魚は……すこししか食べられないから、温めなおしても食べられるものがいいって」

　母親は短く笑った。

「相変わらず正しいことを言うわね、あの人は。わかったわ。サツキも好きなショウガ煮にしましょう。食欲もすこしはでるはずよ」

　朝食を手早くすませると、サツキはいつもの日課をこなしに裏庭へでた。

剣術の稽古《けいこ》だ。

半年前までは父親が見てくれたが、いまはひとりでこなさなければならない。決められた回数の素振《すぶ》りをし、型の組み合わせを何度も練習して軽く汗をかくころになると、一階の端の窓がかたんと閉められた。サツキが開けた父親の部屋の窓だ。ガラスのむこうで母親がサツキに微笑《ほほえ》みかけた。これから父に食事をさせるのだ。呑《の》み込む力の衰えた父親のために毎食おかゆを用意し、おかずも前もって細かくほぐしておくのだ。それだけ食べやすくしていても、この頃は半分食べるのが精一杯だ。食事ののこったお盆を持ち帰るたび、母親が台所でコッソリとため息をつくのをサツキは知っている。

それでも父親やサツキの前で弱音を吐くことはない。それは家族以外の者にもだ。

村人と会うことに消極的なサツキと違い、母親は見舞いに来る村長《むらおさ》や村人らにいつも変わらず丁寧《ていねい》に応対した。

父親がその気で会える状態だったなら会わせてやり、見舞客が面会を終えて部屋から出てきたら、今度はかれらの動揺をなだめてやる。

病気で痩《や》せた父親は壮健《そうけん》だったころの姿を知るものにとって、あまりに無惨《むざん》で変わり果てた姿と映るのだ。

かれらは母親の淹《い》れたお茶をすするうちに我を取り戻し、慰められるべきは目の前にいるこの気丈《きじょう》な女性のほうだと気づき、慌《あわ》ててはげましの言葉を口にしはじめるのだ。それにたいして母親は静かな微笑みを浮かべて言う。

「暖かい言葉をありがとうございます」と。

見舞客らは気丈な態度の母親に胸を打たれ、さらに二、三日もするとこう言うようになる。村の唯一《ゆいいつ》の侍《さむらい》である篠桐ヒロチカは、身体はすっかり病《やまい》にやつれているけれど、あの眼光だけは少しもそこなわれていないと。この点だけはサツキも胸を張ってうなずくことができた。

そしてもうひとつ。

見舞客らは次にサツキに会ったとき、改めてサツキの顔に見入り、サツキと父親が似ていることを指摘した。痩《や》せて尖《とが》ったあごや口元がそっくりだと言うのだ。

正直言うと、こちらはあまり嬉《うれ》しくなかった。

父親のことは尊敬しているが、そのあごや口元はとてつもない頑固者《がんこもの》の風合いをしているからだ。サツキは顔の細工《さいく》についてそう贅沢《ぜいたく》を言うほうではないが（同い年の娘のようにくよくよなやんでも仕方ないと諦《あきら》めている）、今度ばかりは優しげな母親のほうに似て欲しかったと思った。ただ、このことを村の幼なじみたちの前でうっかりこぼしたら、娘たちは実に苦しげにそっぽをむき、男どもは遠慮《えんりょ》なく笑った。

曰《いわ》く「口元だけ優しくなっても意味ないだろ。出てくる言葉は男勝りで頑固者のサツキのまんまなんだから」と。

サツキは大いに憤慨《ふんがい》したが慈悲《じひ》をくれてとっくみあいの喧嘩《けんか》はせず、背中を叩くだけですませた。

喧嘩をすれば父親について訓練しているサツキが必ず勝つとわかっているからだった。

その日の夕方、サツキの前に魚のショウガ煮の鉢《はち》がだされた。サツキは注意深く切り身を数えて、父親が魚の半身《はんみ》分しか食べなかったことを知った。

「美味《おい》しかったと言ってたわよ、お父さん」

きゅっと唇を結ぶサツキをみたのか母親が声をかけた。

「でも……わかるでしょ。サツキの気持ちに答えたくてもむずかしいのよ」

「うん。わかってる」

母親はサツキの隣にすわると何気《なにげ》ない調子でたずねた。

「お父さんがおっしゃっていたけど、今年の侍《さむらい》試験を受けに行くんですって？」

サツキは顔をはねあげた。

「母さんに喋《しゃべ》っちゃったの!?　――ううん。違うって母さん。試験を受けになんて行かない。いま行けるわけないじゃない」

「でもお父さんは受けてもらいたがっているわよ」

「それは知ってるけど……。いまの父さんと母さんを、ふたりでなんてのこしていけない……」

「母さんと父さんはだいじょうぶよ。父さんのお世話はタスケ夫婦に手伝ってもらえばいいんだし。よく考えるといいわ。サツキ自身がどうしたいのかね。もちろん母さんは賛成してるわよ」

母親はサツキの肩をはげますように叩くと、食べ終わったサツキの食器を持って流しにたった。

夕闇の迫るなか、サツキは黙って家をでるともう一度タ－ロ川へとむかった。今朝《けさ》しかけた罠《わな》を見るためだ。

空はどんどん暗くなっていったがサツキはランプを持ってでなかった。すでに顔を見せはじめた月明かりだけで充分見えるからだ。ただし獣に会うことを考えて腰に守り刀を差すことは忘れなかった。

朝と同じ道を小走りに通りぬけて川につくと、暗くなりだした風景のなかで、水音だけが大きく響いていた。

サツキは黒っぽい川のなかに飛び石を見つけると今朝《けさ》と同じ方法で苦もなく川を渡った。しかけておいた罠《わな》の竹カゴのなかを見ると、幸運なことにまた魚が一匹かかっていた。

「うーん……今朝のよりはちょっと小さいかなあ……」

サツキは唸《うな》りながら魚をビクに移した。魚はピチピチと元気よくはねた。

「でもま、生きがいいのは確かだし、まずまずね。タスケもきっと喜んでくれる」

ビクに魚を移してタスケたちが引きあげる前にと急いで家に帰ると、気のいい男はサツキの家の納屋《なや》で鼻歌まじりに藁《わら》を束ねていた。藁束《わらたば》の形はサツキも見慣れた筒状のものだった。

「タスケ。それ、どうしたの」

「ああ、びっくりしたサツキお嬢さん。これは旦那様《だんなさま》のお言いつけですよ。サツキお嬢さんの剣術の稽古《けいこ》用にって。侍《さむらい》試験を受けに行かれるんでしょう」

言われてサツキは腹がひきつれるような感じがした。

「いやあ、話を聞いて俺感激しましたよ。村中を駆け回ってわけを話したら、みんな余分の藁をわけてくれましたし。稽古用の的《まと》はいくつでも作ってますからね。ヒロチカ様のお子様が侍になる。こんなに正しいことはありませんよ。試験には国中から腕に覚えのある者が集まるっていいますけど、なあにお嬢さんが負けるはずありません」

喋《しゃべ》りながらもタスケは藁を紐《ひも》でぎゅうぎゅうと縛《しば》り、細長い筒を作っていく。これは〝居合い〟の稽古に使うものだ。神速《しんそく》で刀を抜いて斬《き》りつけ、鞘《さや》へしまう。未熟な腕では藁は刀に着られた瞬間地面に落ちるが、達人が斬った場合、刀がかちりと音をたて鞘に収まってもなおいくばくかの間、藁はまっすぐにたっている。そののち、斜めの切り跡をすべるように静かに落ちるのだ。

　父ヒロチカはまさに達人の域に達していたが、サツキはあまり得意ではなかった。そのために練習させようとしているのだろう。

と、タスケはサツキの硬い表情に気づき、にこやかに笑った。

「だいじょうぶ、きっと合格しますよ。なんといってもサツキお嬢さんはあのヒロチカ様の血を引いているんです。このあたりの村々を襲ってた五十人からの山賊《さんぞく》をたったひとりで倒した侍の血をね」

　サツキはここへきてようやくぎこちなく笑った。

「タスケ、お嬢さんってつけなくていいって言ってるでしょ。それと何度も言うように山賊は父さんひとりで退治したわけじゃないってば。大げさに言わないの。山賊討伐《とうばつ》にこの村に派遣された侍は、父さんとあともうひとりいた。都からはふたりの侍と十の兵士が派遣されたって公式記録にものこってるじゃない」

「はい。でも、逃げた山賊を追って本拠地《ほんきょち》に乗りこんだのはヒロチカ様おひとりで。そんときにまだ十五人もの残党が根城《ねじろ》を守ってたっていうじゃないですか。山賊《さんぞく》一味をひとりでやっつけたと言っても、ちっとも大げさじゃないですよ。ヒロチカ様が来てくれなかったら、コノギ村は山賊に乗っ取られて皆殺しになってたかもしれないんですから。俺たちみんなヒロチカ様に感謝しているんです」

サツキはもう訂正することはせず、タスケにとってきたばかりの魚をビクごと見せた。

「これあげる。タスケのお嫁さんにいいと思って」

ビクのなかをのぞいたタスケは感謝の色を浮かべた。

「ありがとうございます、サツキお嬢様。侍《さむらい》試験、きっと合格いたしますよ」

サツキは軽くうなずいて家のなかへもどった。

夜寝る前にサツキはいつもの習慣で守り刀を枕元におき、ランプの芯《しん》をしぼって火を消した。部屋のなかには暗闇が落ちたが、窓からさす月明かりで充分に周りが見えた。

今夜川に行くときもサツキはランプを持ってでなかった。夜目《よめ》がとてもよく利《き》くのだ。そんなふうな訓練をしてくれた父親にサツキは感謝している。だが侍になれば、大抵の者は日中と同じくらいに夜も目が利くようになると言う。侍になれば、訓練だけでは手に入れられないある力を授かるからだ。

サツキは布団《ふとん》のなかに潜《もぐ》り込んで目を閉じた。

何度か寝返りを打ち眠ろうと努力したがうまくいかなかった。

昼間「侍試験を受けに行け」と言った父親の言葉が頭のなかをぐるぐるとまわり、とても眠れそうになかった。

サッキは諦《あきら》めて身体を起こすと枕元においた刀を手にとった。

月明かりのなかでしみじみと刀を見つめて鞘《さや》から引き抜く。昨年の誕生日に父親から贈られた打刀《うちがたな》はサツキのために選ばれたもので、やや短めで軽い。

父親がこれを買ってきてくれたときの嬉《うれ》しさは、いまも心に鮮やかによみがえる。ヤエトの民しか持たぬ刀鍛冶《かたなかじ》の技術で鍛《きた》えられた刃《やいば》は繊細《せんさい》でうつくしかった。

刀に目を奪われるサツキに父親は言った。

『それは守り刀だ。敵を傷付けるものではない。自分と自分の大事な者。自分より弱い者を守るための刀なのだ』と。

その言葉はサツキの胸に深く深く染《し》みた。

子供のときからずっと父親を見て育った。礼節《れいせつ》を重んじ、誇り高い侍である強い父親に憧《あこが》れて育った。父親のような侍にずっとずっとなりたかった。

だが……今日。試験を受けに行けと言われて、すぐにはうなずけなかった。

昼間母親に言った「ふたりをのこしていけない」というのは二番目の理由だ。

本当は、もっと別の理由があった。

怖かった。

試験を受けて、落ちて——。

病床《びょうしょう》の父親を落胆《らくたん》させることがなにより怖かったのだ。

＊　＊

陽射しが一日ずつ暖かくなり、木々に新芽が吹き出したころ。

コノギ村はひとりの旅人を迎えた。

旅人に最初に会ったのはサツキだった。

ターロ川のむこうにある里山のなかへ、モクレンの木の仲間のタムシバのつぼみをとりに行っているときだ。

つぼみを乾燥させると、鎮痛剤《ちんつうざい》になるのだ。

母親が女特有の病《やまい》に患《わずら》わされているとき、これを服用すると楽になるのだ。

ついでにきれいな葉も何枚か持って帰ってやる。嚙《か》むとほのかに甘いのだ。

腰の袋につぼみと葉をつめて、葉の一枚を嚙みながらサツキが里山を下りたちょうどそのとき、村へ通じる道をやってくる一頭の馬に気づいたのだ。

馬の背には、乾ききった土のように薄茶色い東国風のマントを羽織《はお》った旅人が乗っていた。フードを目深《まぶか》にかぶっていて顔も性別もわからなかったが、サツキと同じような背格好だ。女か、あるいは子供だろう。

サツキは不審に思って村へ帰る足を止め、木の陰に身をよせた。

（何者だろう。なにしに来たんだろう）

村々を歩く行商人ではない。それだったら荷物が少なすぎる。それに最近は治安もよくめったに山賊《さんぞく》など現れないが、見慣れない格好の女や子供がひとり旅するとは考えられない。

ひょっとするとあとから供の者でも来るのかとサツキは背後を探った。

と、その動きで相手もようやくサツキに気づいた。道の真ん中で馬を止め、こちらをじっと見る。フードで顔は隠されているがきっとそうしている。肌にチクチクと視線がささった。

「こんにちは」

相手が声をかけてきた。

サツキはびっくりした。溌剌《はつらつ》とした声は女でも子供でもなく、若い男の声だったからだ。おまけにしゃべり方が不自然だ。どこか遠くからやってきたのだろう。

「コノギ村へ来たんだけど、この道で間違いないかな？」

驚いたままサツキはこくりとうなずく。

「……きみは村の人？」

サツキはまたうなずきかけ、さすがに無礼かと口を開いた。

「そうだよ。コノギ村に住んでる。この先の川をひとつ渡ればすぐに村につくけれど……案内がいるんならしようか？」

「まっすぐ行ってつくのなら、案内を頼むのは馬鹿ってことだろう？　でも道が曲がっていて近道があるなら、ぜひ案内してもらいたいな」

サツキはぱちくりとまばたきをした。変な物言いをするやつだと思った。それから勘《かん》のいいやつだとも思って小さく笑った。

「ちょうど家に帰るところなんだ。あんた幸運だね。近道があるからついてくるといいよ」

サツキは馬の前を歩きだした。

しばらく進んで道から外れるときサツキは馬の背後を確かめた。

「ほかはだれもいないよ。僕ひとりだ」

サツキの考えを読んだように旅人は言った。

「連れが、いないでもなかったが……」

サツキがふり向くと旅人は肩をすくめて上を指さした。

「空を飛ぶ鳥だからね、いまは自由気ままに道を外れてる」

おかしなことを言うやつだなと思ったがサツキは黙って歩きだした。

森のなかを進むと間もなく川のせせらぎが聞こえてきた。ターロ川だ。

一時期よりは水かさも減っており、流れも緩《ゆる》やかだ。川の一番浅いところの両端に杭《くい》がさされ、太い縄が渡されている。もっと下流に行くと橋もあるが、急ぐ村人はこの縄をつかみながら川のなかを渡るのだ。

馬の背に乗った旅人は周りを見回し、橋がないこととサツキがここを通ろうとしていることを知ると、親切にも聞いてきた。

「一緒に乗っていくかい」

サツキは笑みを浮かべながら首をふった。

「その必要はないよ、慣れてるから。だいたいあの縄のあたりを通れば楽なはずだから」

そう言うとサツキはひと呼吸する間川縁《かわべり》にたって川をながめ、流れのなかの天然の渡り石を見つけると、身軽に跳びながらあっという間にむこう側まで渡ってしまった。

旅人は低く口笛を吹いて賞賛した。

サツキは川を渡るとくるりと向きなおり怒鳴ってよこした。

「どうする。これる？　だめなら馬に一緒に乗ってあげるよ」

すると口笛はピタリと止《や》み、乗り手は馬を下がらせてすこし助走をつけると、ほぼサツキが足場にしたのと同じ石の上を跳んで渡ってきた。

今度はサツキが賞賛する番だった。

「すごいね。あんたもこの馬もさ！」

サツキは見事な跳躍を見せた馬の首に手を伸ばし、ねぎらうように叩いた。その動作で袖《そで》から銀の腕輪がのぞき、馬上の旅人がはっと息を飲んだことにサツキは気づいた。

なんだと思って目をむけるのと、旅人の腕に銀の光がきらめくのはほとんど同時だった。銀の光は白い刃《やいば》となってサツキの首筋に突きつけられていた。

サツキは悔しさに歯がみしながら旅人を横目で見た。完全に油断していた。ひ弱そうに見える相手にこんな早業《はやわざ》がなせるとは思っていなかった。

「なんのまねだ、これは。旅人のふりをした山賊《さんぞく》か？」

あまりの腹立たしさに声がかすかに震え、サツキは歯を食いしばった。もし怖がられているとでも誤解されたら、悔しさで相手を叩きのめさなければ気がすまなくなる。

だが相手のほうもなにかに強く心を奪われ、サツキの声の震えなど気づきもしなかった。

「違う。山賊じゃない。その腕輪だ」

相手のささやくような声は緊張のためだったと、あとになって知った。だがこのときはサツキも、相手の目的が父親からもらった銀の腕輪だとわかって、ただ驚いていた。

サツキは腕輪をしていない反対側の腕を徐々に徐々に下げていき、馬の手綱《たづな》に近づけた。

「どうやって手に入れた。なぜおまえが持っている。まさか、持ち主が死んだのか。籐桐ヒロチカが――」

「縁起《えんぎ》でもないことを言うな！」

サツキは手綱をにぎると一気に引きあげた。

「うわっ」

馬がいななないて馬上の若い男はバランスを崩《くず》した。そこへ強く腕を打たれてにぎっていた剣を地面に落としてしまう。

サツキはさっと剣を拾い、うしろに飛び退《の》いた。

「父さんを知っているようだから、一度だけ命拾いする機会をやるよ。名前を言え。何者か言え。顔を見せろ。ここへなにしに来た。この腕輪を奪いに来たのか」

「父さん？　父さんだって？　きみは……ヒロチカの娘か!?」

相手はすっとんきょうな声をあげた。

それにはかまわずサツキは奪った剣を青眼《せいがん》にかまえた。相手の落としたものは片刃《かたは》の刀ではなく東国の両刃《もろは》の剣だ。斬《き》るのではなく突いたり叩きつぶすためのものだ。幸いこういう剣に関しても父親は手ほどきをしてくれていた。刀よりも重くバランスも違うので、同じようにふってはいけないことをサツキは知っている。

「一度だけと言ったはずだ」

サツキがじりっと足を開く。相手はそれでサツキが本気と気づき、慌《あわ》てて馬から滑り降りた。

「待った。すまなかった。心から詫《わ》びる。まさか娘とは……ヒロチカに子供がいるとしっていたけど、てっきり息子だと思いこんでいたんだ。無礼なまねをした私が悪かった。このとおりだ謝《あやま》る。僕はね、きみの父上と旧知の仲なんだ。どうか、家へ案内してくれないか」

「名前と顔がまだだ」

サツキは厳しく言った。体つきや声から察するに、大人の男ではない。そんなやつが父と知り合いということがあるだろうか。

「わかった。名は……セルキスだ」

相手がとうとう頭からフードをはずし、サツキの目は丸くなった。

マントの上にまぶしい金色の髪がこぼれた。極めて白い肌と整った顔立ちのなかに、澄んだ空のような青い瞳があった。

サツキはパクパクと口を開きやっとのことで言った。

「おまえ……東国の、ダール人なのか?」

「そうだ。偉大なる壁カヌアダイル大山脈を越えて、きみの父上に会いに来た。どうか会わせてくれ。これにはある命がかかっているんだ」

第二章　東からの旅人

サツキはセルキスと名乗ったダール人を村まで案内した。

顔を見てはっきりしたが、やはり若かった。せいぜいサツキよりふたつかみっつ年上なだけだ。

サツキと並んで馬を進めるセルキスは、しばらくして、またマントのフードをかぶりなおした。

「どうした？　顔を隠す必要があるってわけ？」

「べつに犯罪者ってわけじゃない」

セルキスはサツキの当てこすりをなんなく笑ってかわした。

「ただ、僕のようなダール人は、このあたりじゃ目立ちすぎるからね。よけいな詮索《せんさく》はうけたくないだろう。お互いに」

サツキはちょっと考えてからうなずいた。

ダール人とは大陸の主に東側に住む金髪に青い眼と白い肌の民族だ。名前は千年前からいまも続く巨大なバランダール帝国に由来する。元々は大陸のほぼ全土を領土にしていたが、いまから五、六百年ほど前に天変地異《てんぺんちい》が起き、被害の少なかった東部のみが残った。と、サツキは父親や村の長老から教わった。ヤエトの民が半島に移り住んだのはそれから百年ほどしてのことだ。当時半島にダール人はほとんどおらず、また残っていたかれらもヤエトの民の前に平和的に土地を開放したと伝承にはある。

ともかく、それ以来半島のこんな奥地でダール人を見ることはめったにない。ダール人の崇《あが》める四神《しじん》をヤエトの民が崇めるようになったいまでも、街や村に作られた神殿にいる神官は大陸で勉強をして帰ってきたヤエトの民たちだ。サツキがダール人の姿を見るのは、本や絵の中ばかりで、生きた人間として見るのはこれが初めてだった。

「ところで聞きたいんだけど――」

「剣ならまだ返さない。また後ろから突きつけられたら困る」

サツキはセルキスから剣の鞘《さや》と剣通しのベルトごと奪って自分の身に付けている。

「いや、剣はいいよ。持っててくれてかまわない」

「変なこと言う奴だな。剣は大事じゃないのか?」

「僕は……そのう。きみたちの言う武士じゃない。剣がないと裸《はだか》で歩いている気になるわけでもない。それにきみなら剣を大事に扱ってくれるのも知ってる」

サツキは足を止めてセルキスを見た。同じ言葉を言う父親の声がよみがえる。

『サツキ、刀がなければ侍《さむらい》は裸同然だ――』

どうやらこの男が父親と知り合いというのは本当のようだ。もしくは、他の侍を知っているか。そこでサツキは思いついた。

「おまえ、都の白虎《びゃっこ》将軍の使いかなにかか？」

白虎将軍とは父親が所属する軍の大将だ。侍は都で称号を得た後、必ず青龍《せいりゅう》、白虎、玄武《げんぶ》、朱雀《すざく》の四軍のどれかに振り分けられる。そこに所属して初めて仕事と禄《ろく》がもらえるのだ。

父親は十八で侍の称号を得て以来、ずっと白虎軍に所属している。サツキが生まれる前にくらべて請《う》け負《お》う仕事は少なくなっているが、一年に何度か呼び出しの手紙が来たり人間の使いが来たりして父親が出かける姿を見ている。将軍の使いなら、ダール人がこんな片田舎《かたいなか》までやってくるのもうなずけると思ったのだ。

ところが相手はサツキの質問に答えず、いやにはっきりした発音で言った。

「セルキス」

「は？」

「僕の名前だ。名乗ったと思ったが？」

「分かってるよ。聞いたよ、名前は」

「へえ、そうかい。きみが忘れっぽいのかと思った。『おまえ』と呼んだり、自分の名前を名乗ってなかったりするからさ」

サツキは相手の言い分は正しいと思いつつ、唇をムッととがらせた。

「……悪かったよ。わたしの名前は、その、サツキだ」

サツキはそっぽを向きながら言い、セルキスは上機嫌に微笑《ほほえ》んだ。

「いい名前だね。さわやかな初夏の風みたいだ。ところでさっきの質問だけど、違うよ。都も通ってきたけど、将軍からの使いじゃない。個人的にきみの父上に会いに来た」

「そうか」

「今度はこっちから質問だ。その腕輪はきみが父親から譲《ゆず》り受けたと考えていいんだね」

「ああ」

「いつ？」

「それが重要と思うなら、父さんに聞けばいい。わたしの口からは言わない」

セルキスは顔をしかめたが、すぐに思い直した。

「その年で用心深さをすでに学んでいるとは素晴らしいね。別に秘密を探ろうとしているんじゃない。ただ、心の準備をしておきたいんだ。ヒロチカが自分から腕輪を譲ったということは、つまり……」

　言いよどんでセルキスはため息をついた。

「遠回しに言っても仕方ないか。死期が迫っているんだろう、ヒロチカは。大怪我《おおけが》をしたのか、大病《たいびょう》を患《わずら》っているのか……」

「どうしてそう思う」

「銀の腕輪のせいだ。それはヒロチカが命を賭《か》けて守ると――昔言っていたからだよ。それだけ大事なものなんだ」

　セルキスはサツキの腕を見たあと、視線を遠く前の方へやり、やるせなさそうに言った。

「二十日前だよ」

　サツキはぽつりと言った。

「これをもらったのは二十日前。確かに父さんは重い病《やまい》を患ってる。もう半年も床《とこ》についているんだ。そして二十日前、ひどい熱を出した。意識もなくうわごとを言うほどだった。それが少しの間正気《しょうき》に戻ってわたしに腕輪を譲ったんだ。でも――父さんはその夜を生き延びた。衰弱してるけど食事もとるし、話しもできる。待っているから……」

「待ってる？」

「いや、なんでもない。ほら村の入口だ」

サツキは目印の杭《くい》を指さすと、持っていたセルキスの剣を持ち主に返した。

「これは信用してもらったということかな？」

再び剣とベルトを身につけながらセルキスは楽しげに聞いてきた。サツキは肩をすくめて歩き出した。

「父さんは、病気でもおまえにやられるようなまぬけじゃないからだよ」

サツキのうしろでセルキスは苦笑いをもらした。


「母さん、お客さんだよ。父さんに会いに来たって」

自分の家へ着くと、サツキは玄関を開けて中に叫んだ。馬はすでに納屋《なや》へまわしており、そこにいたタスケに頼んで水と餌《えさ》をやってもらっている。タスケはマントをかぶった客人をいぶかしげな目で見ていたが、サツキがだいじょうぶとうなずくと、なにも言わずに馬を連れて下がった。

サツキの呼び声に台所の方から母親の返事がした。なにか料理をしていたのだろう。待つ間に後ろ手で扉を閉めると玄関がふっと暗くなり、隣でセルキスが目をしばたたかせるのが見えた。

「お帰りなさいサツキ。お客様ですって？」

廊下《ろうか》の奥から手を拭《ふ》きながら母親がやってくる。サツキがセルキスを紹介しようと横を向くと、セルキスは自分からマントのフードを落とし、顔をあらわにした。暗がりの中に淡い金の髪がふわりとひろがる。

「こんにちは。突然の訪問をお許し下さい」

涼しやかな声が言った。母親はその場に立ち止まり、サツキと同じように目を丸くした。

「まあ……まあ、東のお方がこんな田舎《いなか》までいらっしゃるなんて。それとも都からお使いでいらした方なの、サツキ？」

自分と同じ事を聞く母親にサツキはすぐさま否定した。

「違うよ。都からじゃないし、お使いでもないんだって」

「セルキスと言います。昔ヒロチカ殿に世話になったものです。ぜひとも会いたくて参りました。病《やまい》に伏せっているとお嬢さんから聞きましたが、どうかお取り次ぎ願えないでしょうか」

「ああ、ええ。さっきお薬を飲んだから、ひょっとしたら眠ってしまっているかもしれませんけど、いま見てまいりましょうね」

「お願いします。ああ、でも」

立ち去るサツキの母親にセルキスは声をかけた。

「もし眠っているなら、そのままで結構です。起こさないであげて下さい。待ちますから」

セルキスのきっぱりした物言いにサツキはおやと目を向けた。

「急いで父さんに会いたいんじゃなかったっけ？　さっきはずいぶん大げさな言葉を使っていたようだけど」

「もちろん早く会うにこしたことはないさ。でも、休んでいるところをわざわざ起こしたくない。身体が辛《つら》いならなおさらね。……それに僕だって、少しは待つ身になったほうがいい」

後半をセルキスは口の中でつぶやくように言ったため、サツキの耳には入らなかった。

「ほら、来なよ」

家の中に上がってサツキはセルキスを促した。

「父さんが起きてるにしろ寝てるにしろ、お茶ぐらいはいれてあげるよ。その埃《ほこり》っぽいマントが大好きってんでなければ、玄関で脱いどいて欲しいけどね」

セルキスは顔をほころばし、言われたとおりマントを脱いだ。

サツキは台所で手桶《ておけ》一杯の水をくんでセルキスに渡し、自分はお茶の用意をした。

台所は板の間《いたま》の部屋から一段下がった土間《どま》になっており、煮炊《にた》き用のかまどがひとつに流しがひとつの小さいものだった。

隅《すみ》には扉がひとつあって暗いが風通しのよい貯蔵庫につながっている。人ひとりやっと入れるぐらいの中には、イモや玉葱《たまねぎ》など野菜がたっぷりと置かれている。ほかに一般的な薬草もあったが、高級な素材はひとつもなかった。国から特別に禄《ろく》をもらう侍《さむらい》といえど、サツキの家は村のほかの家と大差ない。実に質素に暮らしているのだ。

前は納屋《なや》に馬もいたが、父親が病《やまい》に伏せってしばらくすると、村のお使い用にと村長《むらおさ》に貸し出してしまっていた。サツキもよく乗馬の練習をさせてもらった穏やかな気性《きしょう》の牝馬《めすうま》だった。村長は最初馬の借り賃《かちん》を持ってきていたのだが、面倒をみてもらっているのだからと父親は受けとろうとしなかった。しかたなく村長は野菜や果物がとれたとき、あるいは鶏《とり》や豚をつぶしたときに必ず家族分をサツキの家に届けるようになった。

セルキスが顔と手を洗ってさっぱりし、土間から板の間の部屋へあがってサツキが番茶を出したころ、サツキの母親がふたりを呼びに来た。

「お客様、どうぞいらしてくださいな。夫が会うそうです。サツキもいらっしゃい。会ったときのことを話してあげて」

部屋にはいると父親は上半身を起こして待っていた。肩には母親がかけたのだろう、短い羽織《はおり》がかけられている。サツキは部屋に入ったセルキスが、うしろでかすかに息づかいを乱すのを感じた。

「ごめんね父さん、休んでいるところだった？」

寝台に近づいてサツキが言う。遠慮《えんりょ》しているのかセルキスは戸口に立ったままだ。

「いいや、平気だサツキ。そちらの人かね」

「うん。里山のふもとで会ったんだけど、父さんのこと知ってて、会いたいって」

セルキスを紹介しようとうしろをふりかえりサツキはあっとなった。端正《たんせい》なセルキスの顔が辛《つら》そうに歪《ゆが》んでいたからだ。また、逆にそれでサツキは確信した。かれが父親に以前会ったことがあるのだと。病床《びょうしょう》の父親を見ると、だれもがその痩《や》せた姿に驚き悲しむからだ。

サツキの父親はセルキスを見つめたまま表情を動かさず、穏やかな声でこう聞いた。

「失礼だが……どなたかな。そちらは私を知っているようだが、私に覚えはない」

サツキはびっくりしてセルキスと父親と交互に見つめた。

「おまえ、父さんを知ってるって……」

思わず口走ると、セルキスはサツキにニコリと笑いかけた。「うそじゃないよ」と小声で言い、堂々とした態度でもう一歩寝台に近づいた。

「そんな言葉を聞かされるとは思ってもみなかったな。残念でならないよ。――――内なる声に急《せ》かされて、数々の障害を乗り越えて、おまけにあの大いなる壁カヌアダイル大山脈を越えてまでやってきたのに。ヤエトの侍《さむらい》、籐桐《とうどう》ヒロチカ。刀の真名《しんめい》を言うべきかな？　あるいは、娘のいる前で昔話を語ろうか。とっておきの失敗談でも――」

くったくのない笑みを浮かべてセルキスが語りつづける。

父親は微動《びどう》だにせず若者の顔を見ていたが、その目がだんだんと見開かれていく。まるで信じられないものを見たかのように、顔の表情は驚愕《きょうがく》の一色に染まっていく。

唇が徐々に震えだした。顔に一瞬歓喜が浮かんだものの、すぐにそれを押さえて苦しそうにゆがむ。

「まさか……まさか、来たのか。とうとう、私に会いに来たのか!? いや、いや。ぬか喜びはさせるな。本物ならば証拠を見せてくれ」

父親は寝台の上に起き上がり、拳《こぶし》を硬く握ると食い入るようにセルキスを見た。

セルキスは少しの間迷っていたようだが、やがて歌を歌い出した。

それはサツキの知らない歌だった。

けれどとてもうつくしい旋律で、蔓草《つるくさ》の模様の服を着たやさしい娘たちのことを歌っていた。

一年目の春、静かな雨が草を濡らす音を聞き、約束した日が来るのを待つ。

二年目の夏、夜明けの風が駆け抜ける草原で、約束した日を指折り数える。

三年目の秋、森の中で赤い実を集めながら、約束した言葉をつぶやく。

四年目の冬、息を白くさせながら夜空を見あげ、待つ人の兆《きざ》しを星に捜す……。

「もういい！」

父親が怒鳴った。思わず聞き惚《ほ》れていたサツキは驚いて顔を上げた。大声にも驚いたが、父親が怒鳴ること自体しごく稀《まれ》だったからだ。

セルキスと父親は強く見つめ合っていた。

サツキはふたりのようすに戸惑ったが、寝台の下に怒鳴った拍子《ひょうし》に落ちたらしい羽織《はおり》を見つけ、それを拾うともう一度父親の肩にかけた。

そのサツキの手を父親の手が上からそっと包んだ。サツキは父親の指が冷たくかすかに震えていることに気づいた。

「私の知っている名を、言ってもらえるか」

父親の声はかすれていた。

セルキスはうなずくと一言つぶやいた。

「タリハ」

サツキはその瞬間、父がぎゅっと自分の手を握るのを感じた。まるで小さな子供のようだった。

サツキははっとして父親を見たが、次に父親から発せられたのは穏やかな声だった。

「すまないがサツキ、この御仁《ごじん》としばらくふたりだけにしてもらえないか」

父親の申し出にサツキは迷った。セルキスを前にした父親の反応はあまりに変だ。

それを察したのか、父親は肩越しにふり返り、サツキの手をぽんぽんと叩いた。

「頼む、サツキ」

「うん……わかった。だいじょうぶ父さん？」

「あたりまえだ。なにも心配はいらん」

父親は静かに微笑《ほほえ》んだ。

部屋を出ると廊下《ろうか》の端に母親が立っているのが見えた。ずっと様子をうかがっていたのだろう。心配そうな顔でこちらを見ている。

母親はサツキが出てきたのを見て小さく笑みを浮かべたが、出てきたのがひとりだけと分かるとすぐに顔をこわばらせた。

「どうしたの母さん？」

「……いいえ。なんでもないの。お父さん、どんなようすだった？　一度怒鳴り声が聞こえたけれど」

「うん、なんか変な感じだったけど、ふたりだけで話したいって。そうそう、セルキスってあいつ名乗ったけどさ、父さんが知っている名前を言えって言ったら『タリハ』って言ったんだ。おかしいよね、タリハって女の名前みたいなのに――」

「本当なのサツキ！」母親は顔色を変えてサツキの腕を強くつかんだ。「あの人は本当にタリハと名乗ったのね!?」

「う、うん。確かにそう言ったよ」

身体を揺さぶられ、サツキはびっくりしながら答えた。

「そう……やっと……。やっと……」

「母さん、どうしたの？　ねえ、あいつを父さんとふたりきりにさせてていいの？」

「ええ。いいのよ、サツキは心配しなくても。あの人は父さんの大事な友人なの。さ、お昼ご飯を用意したわ。食べたら、いつもの日課にもどりなさい」

サツキはもっと詳しく話を聞きたかったが、母親に肩を押されて送り出された。そのために気づかなかった。母親が、このあとじっと上を見あげたことに。瞳に、いまにもこぼれんばかりの涙がせりあがっていたことも。

「ああ、ありがとうございます。あの人は間《ま》に合いました。会うことができました。感謝します。シュ・ヴェルの神よ……」

サツキはひとりで昼ご飯を食べたあと、母親に言われたとおり庭に出ていつもの訓練をはじめた。

半年前に父親に習っていたとおり、最初は木刀で素振《すぶ》りをする。上段、中段、下段《げだん》それぞれのかまえから打ちこみ、同時に前後左右に身軽に動く。身体が温まると、今度は庭に配置した岩や杭《くい》の上を跳んで移動しながら、やはり右に左に木刀をふるう。

父親が稽古《けいこ》をつけてくれていたときは、これに飛んでくる石つぶてを避けたり木刀ではじくことも求められた。いまでも三日に一度は村の子供らにその役をやってもらう。ひとつでも当てたら褒美《ほうび》にお菓子をやると言ってさせるのだ。

しかし子供たちには残念なことに、かれらの投げる石はいまだサツキにかすりもしない。みんなサツキの身のこなしに「すげー」と賞賛を送りつつも、結局いつも約束のお菓子をもらえずにいる。悔しがる子供らを帰りがけに手招きして集め、ひとりひとりの手にきれいな色のついた飴《あめ》を一粒ずつ落としてやるのもサツキの日課のひとつだった。

木刀での稽古が終わるとサツキは軽く汗を拭《ぬぐ》い、木刀と一緒に持ってきた自分の打刀《うちがたな》に手を伸ばした。

帯の間に刀をさし、下《さ》げ緒《お》で腰に結ぶ。中には帯に差すだけの侍《さむらい》もいるらしいが、万にひとつ鞘《さや》がぬけ落ちないともかぎらないのでサツキは嫌った。結んでおけば鞘を奪われることも防げるし、なにより父親がそうしていた。

父親はこれにもう一本脇差《わきざし》もさすのだが、侍《さむらい》ではないサツキにそれは許されない。

ふと視線を感じて見回すと、父親の部屋の窓に人影が立っているのを見つけた。セルキスだった。こちらと目が合うと、かすかにうなずいてみせた。

サツキはぷいと視線を外し、タスケが毎日用意する居合い用の藁束《わらたば》の前に立った。

呼吸を整えてから鞘《さや》に軽く手を添える。背中に感じる視線を無視するようにじっと藁束を見る。やがてサツキは踏み込むと同時に抜刀《ばっとう》し、藁束に斬《き》りつけた。刃《やいば》が藁に入ったとたん、腕に反発する力が伝わり、サツキはチッと舌打ちした。案《あん》の定《じょう》サツキが刀を鞘に戻すより早く藁束は地面に落ちた。これではすっぱりと斬る、ではなくたんに叩き斬っているだけだ。達人の域にはほど遠い。

藁束を三つ斬ったところでサツキは居合いの練習を切り上げた。このままやっても集中しきれないのが分かった。

「くそっ。あいつが見てたせいだ」

地面に落ちた藁束を拾いながらサツキはつぶやいた。

夕食の時間になってもセルキスは父親の部屋から出てこなかった。母親は父親の分の夕食とともにセルキスの分の食事も部屋へ運び、戻ってきたときにはタスケを呼んで小部屋に床《とこ》を用意させた。

「なに、あいつここに泊まるの？」

「ええ。こんなに遅くちゃ村長《むらおさ》さんのお宅に頼むのも悪いでしょ。――お父さん、とっても楽しそうよ」

　母親が嬉《うれ》しそうにつけ足した言葉にサツキは眉《まゆ》をよせ、行儀《ぎょうぎ》が悪いとは思ったが父親の部屋の近くへ行ってそっと中の様子をうかがった。

　すると確かに、部屋の中からかすかな笑い声が聞こえた。セルキスも笑っているがひとりだけではない。ふたり分の明るい笑い声だった。

　サツキはそのことになぜかショックを受けてすぐにその場を立ち去った。川へ罠《わな》を見に行くこともせず自室にこもり、早々《そうそう》に布団《ふとん》をかぶって眠ってしまった。


　その夜サツキは夢を見た。

　夢の中に父親があらわれた。

　壮健《そうけん》なころの雄々《おお》しい侍姿の父親だ。

　腰に二本の刀を差し、サツキに語りかけていた。

　サツキは父親の正面にすわり、にこにこと話を聞いていた。

元気な父親の姿が嬉《うれ》しくて嬉しくて、この時間がずっとつづけばいいと思った。

やがて父親は腰に結んだ紐《ひも》を解き、刀を鞘《さや》ごとひきぬいてサッキにさしだした。

サツキはためらった。

侍《さむらい》の持つ刀は特別だ。ただの刀ではなく神の力が宿るものだ。それゆえ常人《じょうじん》には不可能な神懸《かみが》かった業《わざ》も苦もなくこなすことができる。扱うことができるのは持ち主だけで、サツキも触らせてもらったことはほんの一度か二度だ。

だが父親ははげますような笑顔でサツキにもう一度刀をさしだした。

『受け取れ、サツキ。これをおまえに託《たく》すことが、私の――仕事だ』

『仕事……?』

サツキは聞き返した。仕事の前の言葉はなぜかよく聞き取れなかった。

『そうだ。――の仕事だ。これを返上し、もう一度授かれ。いいな』

父親の大きな刀は、徐々に小さくなっていき、気がつくとサツキが持つのにちょうどよい大きさになっていた。

サツキは惹《ひ》きつけられるように手をだし、刀を受けとった。

父親は満足そうにうなずき、破顔一笑《はがんいっしょう》した……。

サツキはぱっと目を覚ました。

窓からはカーテンを通して夜明けの明るさがにじみだしている。早起きの鳥が外で鳴いているのが聞こえる。

いつもの朝だ。それなのに妙に嫌な予感がして、サツキは身支度《みじたく》もそこそこに部屋をとびだした。

サツキが足早に父親の部屋へ向かうと、ちょうど扉が開いて洗面道具を持った母親がでてくるところだった。毎朝父親の顔を洗い、髭《ひげ》もあたってやるのだ。見慣れた姿にホッとしたのもつかの間で、でてきた母親はうつむいて顔をおおっていた。

「母さん……?」

声をかけると母親はゆっくりとふりむいた。

「サツキ……。いま、呼びに行こうとしていたのに。わかってしまうのね……」

目をうるませた母親の言葉に、サツキは息を飲んだ。

母親の態度がなにを意味するのかひらめき、サツキはよろけて壁にぶつかった。胸に重い斧《おの》の一撃を食らったようだった。

母親は扉を開けて待っていた。サツキはふらふらと母親の脇を通って部屋に入り、見慣れた病人の寝台に近づいた。
「……父さん？」
声をかける。
最初はよくわからなかった。
父親はいつものように眠っていた。目をつむり、穏やかな表情をしていた。
ただ、胸の前でしっかりと手を組み、そこに刀を握っていた。
そして顔色も手の色も、ひどく白くて——まるで——。
サツキは大きく骨張《ほねば》った父親の手に自分の手をかさね、その場に膝《ひざ》をついた。
冷たい手。脈打つことのない手。
二度と、サツキの頭をなでることのない手。
「あ、ああ……ああ……ウアアァァ————————！」
サツキは喉《のど》の奥から叫び声をあげた。

父親の遺体に取りすがって泣いて、どれだけたったか……。
戸口で物音がした。ふりかえると外にセルキスがいた。うしろにはかれを案内してきた母親の姿もあった。

「まさか本当にヒロチカが――。なんてことだ……」

セルキスは青ざめた顔で部屋に一歩入った。そのとたん、サツキは自分でも止まれずにセルキスを殴《なぐ》っていた。

不意をつかれたセルキスは部屋の隅《すみ》にふっとび、テーブルを倒しながら床に倒れた。

母親が悲鳴をあげた。

「サツキ、なにをするの！」

「近寄るな！」

サツキは父親の遺体を背中に守るようにたってセルキスに怒鳴った。

「おまえと父さんをふたりにするんじゃなかった。おまえが、何かしたんだ。だから父さんが死んだんだ」

セルキスは呻《うめ》きながら立ちあがり口元をぬぐう。手には血がついてきた。

「誤解だ。僕はなにも……」

「うそだ！　なにもしてないはずがない。おまえと会った日に父さんが死ぬなんて、そんな偶然あるものかっ」

もう一度セルキスにつかみかかろうとするサツキの前に、母親が立ちはだかった。

「やめなさいサツキ。こんなことしてはなりません」

「どいてよ母さん。そいつのせいなんだ！」

「しっかりしなさい！」

母親の手がサッキの頬《ほお》を打った。

「あなたは侍《さむらい》籐桐ヒロチカの娘でしょう、サツキ。誇りをどこへやったのです」

厳しいまなざしで見つめる母親の前に、殴《なぐ》ろうと結んだサツキの拳《こぶし》が宙に浮いたまま震える。

サツキはセルキスを睨《にら》んだまま歯を食いしばった。

「おまえが、こなければ――――！」

もう一度サツキはなじったが、その手がふり下ろされることはなかった。

セルキスは寝台に目をむけたあと、背中の壁に手をついて立ちあがり影の落ちた青い瞳でじっとサツキを見つめた。

「すまない……」

だがサツキはさっと顔を背《そむ》け、そのまま走って部屋を出ていった。

サツキにとってそれからのことは、すべて悪い夢の中のできごとのように進んでいった。

家にタスケが来て、村長《むらおさ》が来て、やがて人があふれた。父親は身を清められたのち寝台から棺《ひつぎ》に移され、家の中の広い部屋へ安置された。暗い色の服を着た村人たちが祭壇を作り、あとからあとから人が来て母親とサッキにお悔やみを述べた。その中には涙ぐんでいるものも少なくなかったが、サツキも母親も泣いてはいなかった。夜中になりサツキは母親の手で寝床《ねどこ》に追いやられたが、サツキ自身、自分が眠ったのかどうかも分からなかった。

翌朝は鳥が鳴き陽射しが明るくなるのを待ってから寝床を出た。母親の用意した暗い色の服に着替え、少しのお茶を飲み、今日の葬儀《そうぎ》のために父親の棺に付き添った。

昼過ぎになると村の人々が集まって家の前に天幕を張り、そこに新たに祭壇を作って父親の棺を移した。その後『死を受け持つ神』カヌー・シュを奉《まつ》る神官がやってきて死者の儀式をはじめた。サツキの住むコノギ村にカヌー・シュの神殿はないので、いつものように隣村からやってきたのだ。しかしそれから小一時間もしたころ、コノギ村に神殿を持つ、『狩りと戦いを司《つかさど》る神』アズ・フースの神官もやってきて儀式に加わった。さらに周りの村から『生と豊壌《ほうじょう》と結婚を司る神』イラ・パシスの神官や、『知識と芸術を司る神』シュ・ヴェルの神官もやってきた。

集まった人々はざわめきだした。四神《しじん》の神官が揃《そろ》う正式な葬儀は都の貴族や金持ちの商人たちがするもので、こんな田舎《いなか》の村で行われることはありえなかったのだ。しかし亡くなったのがただの村人ではなく侍《さむらい》だということを人々は思い出した。それもかつて近隣の村々を山賊《さんぞく》の脅威《きょうい》から救ってくれた英雄だ。ならば四神《しじん》の神官が駆けつけて当然だろうと納得した。

葬儀《そうぎ》には近隣の村からも知らせを聞いた人々がやってきた。当然地小さな天幕にはおさまりきれず、近所の人々が椅子《いす》やテーブルを周りに並べて茶までふるまってくれた。

太陽が西に傾きだしたころ、葬儀は締めくくりを迎えた。いつもは死者の神カヌー・シュの代理人である神官が故人の人生を語るのだが、このときそれを担《にな》ったのは狩りと戦いの神アズ・フースの神官だった。

暗赤色《あんせきしょく》の衣《ころも》を身に付けた壮年の神官は、祭壇の横に立つと、小さな紙を横目で見ながら侍の称号を得た籐桐ヒロチカがどこで産まれて、どのように生きて、そしてコノギ村でどう暮らしていたかを語った。侍になって数々の武勲《ぶくん》をあげたこと、特にコノギ村周辺を根城《ねじろ》にした山賊たちを退治したことに話が及ぶと、葬儀に参列した人々はあちこちですすり泣きをはじめた。

神官は、立派な武人であり誇り高い侍であった父親を褒《ほ》め称《たた》えた。死の神でなく戦いの神の神官が武勇を讃《たた》えることは、立派な侍であった男にとってなによりの手向《たむ》けになる。集まった村人らは心からそう思った。

儀式の最後は村の墓地に棺《ひつぎ》を埋めることだった。あらかじめ掘られていた穴に棺が下ろされ、少しずつ土が被《かぶ》されていく。やがて積もった土で棺が見えなくなると、最後まで見守っていた村人らも、サツキと母親に「立派な葬式だったね」と声をかけて帰って行った。

サツキは声をかけられるたび素直にうなずき、はいと返事した。

すべて目には映っていてもサツキの心は動かなかった。棺が埋められるときも、頭のどこかがずっと麻痺《まひ》したようでなにも感じられなかった……。

サツキたちが家に戻るとすでに天幕や祭壇は他の村人らの手でかたづけられていた。家の中も近所の人やタスケ夫婦の手ですっかりきれいになっていた。タスケの妻は大きく目立ちはじめたお腹で、サツキと母親のために暖かい夕食も用意してくれていた。

サツキはそれを静かに食べ風呂を使うと、先に休むと言って部屋へひきあげた。

布団《ふとん》にはいると、枕元に匂《にお》い袋《ぶくろ》があるのに気づいた。タスケの妻が置いてくれたのだろうか。やさしい花の香りがした。その香りが胸に広がり、心に広がり、サツキは布団の中で静かに泣きはじめた。

（父さんはもういない。この家の中のどこにもいない。この世界のどこにもいない。いなくなった……）

ひたすら声を殺して泣き続けて、どれだけたったろうか。頭から布団をかぶっていたサツキはかたわらにぐっと重みがかかるのを感じた。

「サツキ……」

母親のやさしい声がした。サツキは身体を硬くして寝ているふりをした。泣いている顔を見られるのは恥ずかしかった。

「起きてるんでしょ。わかっているわよ。ね、今夜は母さんもここで寝かせて」

「ええっ」

サツキはびっくりして頭から布団《ふとん》をおろした。

「あら、亀の子が甲羅《こうら》からやっと顔をだした」

くすっと笑って母親はサツキの鼻をつつき、娘と同じ布団にもぐりこんできた。

「恥ずかしいよ……小さい子じゃないんだから……」

「いいじゃない。懐かしいわ、サツキと同じおふとんで寝るの。あら、匂《にお》い袋《ぶくろ》……」

「うん。今日寝る前に置いてあった。タスケの奥さんかな」

母親はしばらく匂い袋を見ていたが、また枕元に戻した。

そのあと母親は布団の中でもぞもぞと身体を動かし、サツキの手を探るとぎゅっと握った。

「子供じゃないってば、母さん」

「今日は特別よ。……サツキにね、昔話を聞いてもらおうと思って」

「昔話?」

「そう。母さんと、お父さんのことよ……。サツキにはね、兄弟がいないでしょ?」

「うん……?」

「それはね、母さんが……子供のできにくい身体だったの」

サツキは思わず母親の顔を見た。そこには静かな微笑《ほほえ》みがあった。

「そのことが分かったときね、お父さんに言ったの。どうぞ離婚してくださいって。そうしたらね……お父さん、私を抱きしめて言ったのよ。『もう、大切な人を失いたくない。そばにいてくれ』って。とても、疲れて悲しそうだったわ」

「……母さんじゃない、その大切な人ってだれだったの?」

母親はつかのま口を閉ざしてサツキの手を……腕にはめられた腕輪を撫《な》でた。

「……父さんは侍《さむらい》だから、それまでに人の生き死にゃ別れにたくさん関わってきたのよ。親しくしていた人の死も間近で見たんでしょうね。お父さんは子供がいなくてもいいと言ってくれたけど、私はどうしても欲しかった。だからふたりで都に行って、誕生の女神イラ・パシスの神殿を訪れて、祈願《きがん》してもらったの。そうしてようやくあなたを授かったのよ。元気な赤ちゃんが生まれて、私もお父さんも大喜びしたわ」

サツキはつらられるように微笑んだが、すぐに笑顔を消した。

「でも本当は父さん、がっかりしたんでしょ。わたしが女の子だったから……」

「大喜びしたって言ったでしょ。最初の子供が生まれて、喜ばない親なんていないわ。でもねえ、女の子だから大切に育てようって話していたのに、サッキったらお人形より剣のおもちゃを選んで遊ぶ子だったから、お父さん困っちゃってたわよ」

「ええっ。そうだったの？」

「そうよ。だけどそのうち、女剣士もいいななんて、嬉《うれ》しそうに言うようになって。村の戦《いくさ》の神アズ・フースの神殿で三歳の祈禱《きとう》をしてもらったときに、この子には戦士の素質があるって言われてからは、もっとにこにこするようになったわ。自分の娘はすごい女侍《おんなざむらい》になるぞって」

「父さんがそんなこと言ったの？」

「ええ、サツキには絶対に内緒だって言ってたけれどね。だからねえ、サツキ。あなたはお父さんの自慢の娘よ。宝物なの。それを忘れないでね」

「……うん。ありがとう母さん」

母親はサツキの頭を撫《な》で、やがてふたりとも眠りに落ちた。

翌朝サツキは目が覚めるとすでにとなりに母親の姿はなかった。

それでも布団《ふとん》には母親の残《のこ》り香《が》があり、サツキは笑みさえ浮かべて起きることができた。

父親を亡くした喪失感《そうしつ》はめまいがするほど大きい。けれど、サツキの心はどこかで近いうちにこういう日が来ることを理解していて、本人も気づかぬまに少しずつ準備をしてくれていたようだった。

悲しみにただうちひしがれることのないよう、強く生きられるようにと。

（ああ……そうか。あの朝見た夢は、父さんの挨拶《あいさつ》だったんだ。あのとき、『最後の仕事』って言ったんだ……）

ぼんやり思いながら寝間着《ねまき》をぬいだところで、サツキははっと息を飲んだ。夢の中の言葉をすべて思いだした。

大急ぎで身支度《みじたく》をととのえるとサツキは家の中に母親を捜した。

「母さん、母さん――！　大変なこと忘れてた」

母親の返事は家の奥の納戸《なんど》から聞こえてきた。頭に埃《ほこり》よけの布をかむり、納戸の奥から大きな行李《こうり》を引っ張りだしているところだった。

「いったいどうしたのサツキ」

「父さんの刀はどこ。夢の中で父さんがわたしに言ったのに、すっかり忘れてた」

「お父さんが、サツキに、夢の中で？」

「うん。夢だけど、たぶん本当に父さんがわたしに語りかけてたんだと思う」

「まあ、お父さんはなんておっしゃってたの?」

納戸《なんど》からだしてきた荷物をとりあえず床に置き、母親が聞いた。

「刀を、わたしに託《たく》すって。これを持って都に行って将軍にお返ししろって。侍《さむらい》の刀は、将軍から授かった神力《しんりき》の宿るものだから、お返ししなければならないって」

「そんなことを夢でわざわざ?」

「うん……それから……」

サツキは視線をずらしてもじもじとした。

「こうも言ってた。都に行ったら侍試験を受けて、この刀を授かってこいって」

母親はやっぱりねと笑った。

「お父さんがそれをサツキに言わないわけがないと思った。じゃあさっそく旅の支度《したく》をしなくちゃね。やっぱり忙しくなったわ」

「待ってよ。今すぐに出発なんかしないよ。まだ色々片付けが残ってるでしょ」

「でも、ゆっくりしていたら試験に間《ま》に合わなくなるんじゃないの」

「刀を返しに行くのはいいけど、試験は受けない。あれは何日もかかるものでしょ。都へ行くのだって馬で五日かかる。そんなに長いこと、母さんをひとりで残しておけないもの。それにまだまだ準備が足りないよ。お金だって試験費用のほかに宿賃《やどちん》だっているし、服装だってそれなりに揃《そろ》えないといけないし、とにかく色々かかる。……そうだよ、あんな立派な葬《そう》儀《ぎ》を出したんだから、いまうちには余分なお金なんて残ってないんでしょ」

母親は困ったようにサッキの顔を見つめた。と、その目がサッキの背後のなにかにむけられた。なんだろうとサッキがふりむくより早く、声が聞こえた。

「ずいぶん弱気なことを言ってるなあ。父親の遺言《ゆいごん》を軽《かろ》んじるつもりなのかな」

軽《かろ》やかな声の主がだれなのか、ふりむかずともわかっていた。

果たしてサッキのうしろにたっているのは金髪のダール人セルキスだった。

「おまえ――」

サッキはもうセルキスを殴《なぐ》ろうとは思わなかった。

ただ、心底ふしぎそうに聞いた。

「まだ村にいたのか？　姿を見なかったからてっきり帰ったのかと思ってた。いままでどこにいたんだ？」

するとセルキスは傷ついた顔をし、サッキの母親は下をむいて苦笑した。

第三章　腕輪の秘密

サツキはむすっと口を曲げてタール川への道を歩いていた。

うしろからはセルキスがついてきている。マントのフードを背中に下ろしているので、明るい金髪がそのまま陽射しに晒《さら》されている。

「だから帰ったんじゃなくて、きみの家にいても邪魔だと思ったからわけを話して村長《むらおさ》の家へ泊めてもらっていたんだ。きみのお父さんの葬儀《そうぎ》にでないわけがないだろう」

「……おまえの姿なんか見かけなかった」

「そりゃ目立たないように頭から黒いマントをすっぽり被《かぶ》って、人の端にいたからさ。周りの何人かは気付いたけれど、遠くで悄然《しょうぜん》とすわっているきみには見つけられるはずもない」

セルキスの言葉に含まれるかすかな揶揄《やゆ》も無視してサツキはずんずんと歩いた。

爽《さわ》やかな朝だった。明け方にぱらぱらと雨が降ったようだったが、空はきれいに晴れている。名残《なごり》を示すのは草木に残った水滴が、歩くふたりの足元を濡らすことぐらいだ。とくに乱暴に歩くサツキの足元では水鉄砲から出てきたように元気にはねとばされていた。

「なあ、きみはなにをそんなに怒っているんだ。僕が葬儀にでたことを怒っているのか？」

「違う。葬儀にでるのは父さんの知り合いなら当然だ」

「じゃあなんなんだ。……ひょっとして、僕が葬儀の手配をしたことにか？　きみの父上には昔さんざん世話になった。だから立派な葬儀をしてやりたかった。どこが不満だったんだ。あれ以上どうしろっていうんだ」

サツキは足を止めてふりかえった。

「四神《しじん》の神官を呼んでの盛大な葬儀にはなんの不満もない。ただ——その金を、おまえが払ったっていうのが気にくわないんだ」

「おいおい、支払いを受け持って気にくわないと言われるとは思わなかったよ。それとも、こういうことか？」

セルキスはサツキに殴《なぐ》られてまだ痣《あざ》の残るあごをわざとらしくさすった。

「僕がきみの父上に何かしたと思っているせいか？」

「それも違う。もう、そうとは思ってない」

サツキの言葉にセルキスの瞳はキラリと輝いた。

「へぇ——。誤解がとけて嬉《うれ》しいけど、なぜ考えが変わったのかな」

「落ちついて、ひとつひとつの事柄《ことがら》を積み重ねればわかる」

サツキは話しながらふたたび歩きはじめた。セルキスもそれを追いかける。

「はやくから気づいてたんだ。父さんが、治らない病《やまい》になっても生きることに必死にしがみついてたのは、だれかを待ってるからだって。その待ってた相手は、あんただったんだろ。あんたが父さんに言った『タリハ』って名前も聞き覚えがある。熱にうなされていたとき父さんが口にしてた名だ。……あんたに会えたから、父さんはあんな穏やかな顔で逝《い》けたんだと思う。もう心残りはなかったんだ。あのとき、殴《なぐ》ったりしてすまなかった。頭に血がのぼってた」

「サツキ……」

「わかってるわかってる。おまえとか、あんたじゃなくて名前で呼べと言うんだろ。ついでに名もちゃんと覚えてる。セルキスな」

足を止めもせずサツキは早口に言ったが、セルキスは全く別のことを言った。

「本当にそう思うか？　父上に悔いはなかったと」

「あたりまえじゃないか」

サツキは足は止めたがふり返りはしなかった。

「まだなんか残ってたら、父さんのことだ、死んだりするもんか。絶対生き延びてる。医者の死の見立てから三ヶ月以上も戦ってきた強者《つわもの》なんだからな。だから、父さんはなんの悔いも残さなかった。あんたに会って……それでよかったんだろ」

「サツキ」

「なんだよセルキス」

「……ありがとう」

サツキは思わずふり返り、自分を見つめるセルキスの真摯《しんし》なまなざしにぶつかった。

やがてタ一ロ川までくるとサツキはすぐに戻るからとセルキスにこちらで待つように言い、ひとりで器用に川を渡った。向こう岸ではセルキスはサツキと同じように川を渡ろうと試みたようだったが、最初の足場の岩に飛び移ったところでしばし考えたあと、賢明《けんめい》にももとの川岸に戻るのが見えた。サツキはちいさく笑った。きっと次の足場の石が思ったより遠くにあることに気づいたのだろう。虚栄心《きょえいしん》のためにずぶ濡れになるのに比べたら、いたく賢明な判断といえた。

罠《わな》にかかった魚をより分けて小さいものを川に放して急いでセルキスの元へ戻ると、「川に放した魚もいたね」と言ってきた。

「ああ、若い魚は放す決まりなんだ。四匹だけ持ってきた」

「きみの家には充分な数だね」

「うちのじゃない。村長《むらおさ》の家に持って行くんだ」

セルキスは驚いた顔をした。

「どうして」

「おまえを二日間泊めてくれた礼だ。おまえはうちの客だったんだからな」

「お礼なら僕が払ったよ」

サツキはジロリとセルキスを見た。

「払ったって、金だろ。受けとらなかったろ」

サツキにずばりと言い当てられ、セルキスは鼻白《はなじろ》んだ。

「……確かに。立派な葬儀《そうぎ》の費用を出してくれただけで充分だって、受けとってもらえなかった。ヒロチカ……きみの父上は本当に尊敬されていたんだね」

「うん、そう思う。立派な人だった」

サツキは来た道を帰りはじめ、セルキスもそれを追った。

「話は戻るけれど、刀を返しに都には行くんだろ。ついでに侍《さむらい》試験も受ければいいじゃないか」

「ついでで受けて受かるほど、侍試験は甘くないよ。落ちたら費用が無駄になる。知らないかも知れないが、けっこう高いんだぞ。試験費だけで三万ヤル、他に宿代で同じくらいかかる」

「なんだ、最初から諦《あきら》めてるのか？」

「馬鹿言うな。受けるなら必ず合格する覚悟で行く」

「なら、無駄になるなんて心配はいらないだろ。試験費用に関しては、きみの母上は大丈夫だって保証していたし、きみの一番の懸念《けねん》だった葬儀費も僕持ちだったんだしね」

「……なんだか、ヤケにわたしに試験を受けさせたがってるけど、なんなんだ。なにか目的があるのか」

　サツキが胡散臭《うさんくさ》そうだなと見ると、セルキスはうーんと唸《うな》りながらサツキのうしろではなく横を歩くようになった。

「いくつかあるんだけど、まずひとつは父上の希望だから。それを叶《かな》えさせてやりたい。僕と話しているときにも言っていたよ、サツキはいい素質を持ってる。立派な侍になるって」

「父さんがそう言ってたのか？」

「ああ。間違いなく言ってた」

「ふぅん、そうか……」

　サツキは嬉《うれ》しそうに口元をほころばせた。

「理由のふたつ目は、きみたちの今後の生活のため。ヒロチカはいくらか遺産を残しているようだったけど、それだってそうそう続かない。だったら才能のある君が早く侍《さむらい》になればいい。万一今年試験に落ちても、来年の試験までに生活が窮《きゅう》するってこともないだろ。侍になって禄《ろく》がもらえたら、きみのお母さんは安心して暮らせるんじゃないかな」

サツキは歩きながら考えた。セルキスの言葉は正しい。父親の遺産は村の暮らしからすればけっこうな金額だったが、無限に続くわけはない。いつかはなくなる。とすれば早いうちに仕事につくほうがいい。

（でも……）

サツキはすぐに「行く」とは言えなかった。

まさに安心させてやりたい母親のことが問題だった。気丈《きじょう》にふるまってはいるが、父親を亡くして参ってないはずがない。そこへさらに娘の自分が侍になってよそへ仕事に赴《おもむ》けば、ひとりぼっちになってしまう。三人で暮らしたあの家にひとりで残ることになる。そんなのは辛《つら》すぎると思った。

サツキは答えを保留《ほりゅう》にしたままセルキスに聞いた。

「三つ目の理由もあるのか？」

セルキスはこちらをむいたまま口元をきゅっと引き締めた。しかしそのまま言葉を発しようとはしない。

　サツキはいぶかしげに見ていたが、ついにその場に立ち止まった。

「あのな、さも言いたいことがありそうに黙るのは卑怯《ひきょう》だぞ。三つめもあるんだな。そんなに言いにくいことか。……父さんからなにか言われてるのか？」

「確かにこの件についてきみの父上といくつか話をした。でも、それを伝える前に聞かせて欲しい。サツキ、きみは今年行われる侍試験を受ける気があるか。今すぐ侍になる覚悟があるか？」

　今度はサツキが言葉に詰まる番だった。くちびるを噛《か》んで、つかの間視線を落とす。短い間に色々なことを考え、顔を上げたときにはきっぱりと言った。

「今すぐはダメだ。すぐに侍になれない。こんなに早く母さんをひとりにさせられない」

「そうか。……分かった」

　セルキスはため息をついて続けた。

「では、こう言うしかないな。その銀の腕輪を僕に返してくれ」

「は？」

「それはもともと僕がヒロチカに預けたものだったんだ。返してくれ」

　サツキはとっさに腕輪をした方の手を身体のうしろに隠した。

「そ、そんなわけあるか。これは父さんがずっと持ってたものだ」

「知ってる。そうするように僕がヒロチカに頼んだからだ。僕は昔それをヒロチカに託《たく》した。守ってくれと。もしもだれかに渡さざるをえないときには、絶対に信頼のおける相手にしろと。僕の一族であってもすぐには信用するなと言った。僕と同じ使命を持つものが取りに来るまで守ってくれと。だが、残念なことに、かれらはやってこなかったんだ」

「おいおい、もう話にほころびがあるぞ。おまえいくつだ」

「なかなかいい質問だ、サツキ。十八歳だよ」

セルキスは微笑《ほほえ》み、歌うように言った。サツキは短く笑った。

「この腕輪は、わたしが物心ついたときから父さんが身につけてた。仮にその直前に預かったとしても、おまえは四、五歳でそんな難しいこと言ったのか。無理がありすぎる。第一、これは元々二の腕につけられてたと言っていたぞ。子供がつけたらすっぽ抜ける。それとも父さんがうそを言ったって言うのか」

「まさか。ヒロチカはひとつもうそなど言っていない。……きみが侍《さむらい》になれば、その腕輪の意味もすべて分かるんだけどね、残念だ。秘密が知りたいなら侍になれ」

「しつこいな。だったら待ってろ。せめて来年まで……」

「そんな時間はない！」

突然セルキスは怒鳴った。

「きみたちにはたかが一年でも、僕には——僕たちにはそんな贅沢《ぜいたく》な時間の余裕はないんだ。わからないのはきみの方だ。とにかくその腕輪を外して僕に渡して欲しい」

セルキスが腕を伸ばす。サツキは身をひねってうしろに飛び退《の》く。

「ダメだ。これがおまえのものだって証拠がない。ますます怪しくなった」

「僕は真実を話している。きみには敬意を払った。それなのに僕が腕輪を盗みに来たと疑うのか？　きみの父上の友人なのに？」

セルキスは哀れっぽい声を出した。わざとらしい言葉だったがサツキは少したためらった。

「でも、それとこれとは別だ。おまえに渡して欲しかったのなら、父さんはわたしにそう言ったはずじゃないか」

「かれは……言えなかったんだ。きみを巻き込みたくない気持ちも半分あったと言っていた。自分で選んで欲しいからと、侍になるようにとだけ言ったんだ。そして僕が来てからは、しっているとおり時間がなさ過ぎた」

「おまえの言っていること、さっぱり意味がわからないぞ」

「本当にヒロチカは、きみになにも言っていかなかったのか？　夢の中でも」

「言われていない。わたしに夢で示唆《しさ》したのは、刀を都へ持って行くことと、侍になってそれを授かれってことだけだった」

「だったら、侍《さむらい》になってくれ」

「だから、いまはだめだ」

サツキがきっぱり言うとセルキスは絶望的な顔になった。それを見てサツキはふと思いついた。

「おまえ、急ぐ理由があるのか。さっきも一年が待てないとか言ってたな。……ひょっとして、死ぬような病気でも患《わずら》っているのか？」

「そうだな。ある意味……病《やまい》だな」

「ええっ」

サツキは目をパチパチとしばたたかせた。見るところセルキスはいたって健康そうに見える。血色《けっしょく》も良いし、身体のどこかを庇《かば》っているような歩き方もしない。

自分の身体がしげしげと見られているのに気付き、セルキスは首をふった。

「目に見える病気じゃない」

「じゃあ、なんだ？」

しばしためらったあと、セルキスはこわばった顔で言った。

「呪いだ。短命の呪い。女神シュ・ヴェルのかけた呪縛《じゅばく》……聞いたことはあるだろう、シユ・ヴェルに呪われた者たちヴェルアンについて」

言葉の意味が染《し》み渡るとサツキは口をぱっくりと開け、まじまじとセルキスを見た。

「おまえは……ヴェルアンなのか？　何度も生まれ変わる永遠の命を持っているってい
う……」

「その情報は正しくない。ヴェルアンは永遠の命なぞ持っていない」

「待った、待て。まだ信じたわけじゃないぞ。ヴェルアンが半島のこんな所にいるなんて聞いたことがない。普通は大陸でなにか重要な地位についてるはずだ。何代も前の記憶を持っている貴重な人材なんだろ」

「今度の情報はだいたいあってるな」

からかうようなセルキスの口ぶりにサツキはムッとした。

「おまえが本当にヴェルアンだっていうなら、証拠を見せるべきだ」

「証拠ねえ……ヴェルアンの特徴を知らないなら、それを見せても無駄だろうし。僕がヴェルアンだと納得したら、腕輪を返してくれるかい？」

サツキは手首の腕輪に触れた。太陽と蔓草《つるくさ》の模様。太陽は知らないが、蔓草は女神シュ・ヴェルが身体に持つ刺青《いれずみ》の模様と同じだ。セルキスが腕輪欲しさにデタラメを言っているのではない気がしてきた。

「これが父さんの手に渡った経緯《いきさつ》に納得したら、考える」

頑固《がんこ》なサツキにセルキスはため息をつくと、しばらく考えこんでいたが「仕方ないか」と空を仰《あお》ぎ見てなにかつぶやきはじめた。

またおかしなことをはじめたなとサツキは胡散臭《うさんくさ》い視線をむけていたが、やがてセルキスの見ている方向の空にぽつんと黒い点が現れた。

鳥だった。

それはみるみるうちに近づいてきて、サツキたちの方へ下りてきた。姿がはっきりとしてくるにつれてサツキの目は大きく見開かれた。

「青い聖鳥《せいちょう》じゃないか。シュ・ヴェルの、使いの……」

サツキは前にシュ・ヴェルの神官の肩にとまるこの青い聖鳥を見たことがあった。くすんだ青の神官服に光沢《こうたく》のある鮮やかな青色の聖鳥は、真夏に潜《もぐ》った川底のように玲瓏《れいろう》としていたのを覚えている。

セルキスは鳥へむかって手をあげた。聖鳥は迷うことなくその腕にとまった。

サツキはますます目を丸くした。聖鳥はそれぞれの神に仕える神官の身体にしかとまることはないとされているからだ。

驚きのあまり言葉も出ないサツキの前で、聖鳥は二、三度羽を広げてセルキスの腕の上でとまり具合を直した。そのあと――――。

【出発か？】

聖鳥が喋《しゃべ》った。セルキスはまだだと答えた。

【発《た》つときに呼べ】

聖鳥はセルキスの返事を聞くより早く、腕を強く蹴《け》ってまた空へ舞い上がった。

「喋った……鳥が……」

聖鳥が空高くのぼったころサツキはようやく声を出せた。

「聖鳥だから喋るぐらいするさ」

「だって……おまえ、神官なのか、セルキス」

「神官じゃない、ヴェルアンだ。シュ・ヴェルの特別の加護《かご》がある」

「……呪われているのに？」

セルキスは多少うんざりとサツキを見た。

「そのあたりのことを軽く話すだけでも、何時間もかかるんだが。……魚、ゆだるんじゃないか？」

サツキは「しまった」とつぶやくと慌《あわ》てて駆けだした。

途中ふり返って「おまえは家に戻ってろ」とセルキスに怒鳴ったが、あとはもうふり向かず、セルキスが承知したかどうかも確かめずにまっすぐ村へ走りだした。

残されたセルキスはやれやれとため息をつき、空を仰《あお》いだ。白い雲の流れる空に、飛んでいく聖鳥の青い輝きが見えた。

＊　＊

村長《むらおさ》宅に魚を届けてサツキが家の前にもどってみると、そこに子供たちが集まってなにやら騒いでいた。

近づいていってその原因がわかると、サツキは思わず肩にかけた荷物を取り落としそうになった。

子供たちの中心にセルキスがいたのだ。子供たちはよほどセルキスの金髪が珍しいのか、代わる代わる髪を撫《な》でている。セルキスもそうしやすいようにわざわざしゃがんでやっている。この分ではダール人がヒロチカを訪ねてきたことを村中が知っているのだろう。

そのようす自体はほほえましかったが、サツキは大きな荷物を抱えたままゴホンゴホンと咳払《せきばら》いをした。セルキスは顔をあげて道の先に突っ立っているサツキを見つけると、慌てて駆けよって荷物を取った。

「全部僕の荷物だ。どうして持ってる？」

「村長《むらおさ》の家から持ってきたに決まってるだろ。いつまでも村長の家にやっかいになってるわけにいかないじゃないか。……うちの客なんだからさ」

サツキが言うとセルキスは嬉《うれ》しそうに笑った。

子供たちにさよならを言って家の中にはいると、すぐに母親がやってきた。セルキスの持つ荷物を見るとひとつうなずき、前と同じ部屋を使うといいと言った。

セルキスが部屋で荷物を片付けている間にサツキは朝ご飯を食べることにした。母親が手早く用意してくれた食事は、酢《す》の物《もの》や煮染《にし》めなど日持ちのするものが多かった。すべて近所の人が届けてくれたもので、サツキたちがしばらくは食事の支度《したく》もままならないだろうと心を配ってくれたものだった。たしかにサツキは葬儀《そうぎ》の二日間、なにかものを食べていたはずだが、母親がそれを用意するために台所に立った記憶がなかった。

荷物はすぐに片付いたのか、セルキスはサツキがまだ食べている途中で台所のとなりの板《いた》の間《ま》へやってきた。まだ台所に立っていた母親はセルキスにもお茶をいれてやり、水屋《みずや》におはぎがあるわよと教えてまた物入れを整理しに行ってしまった。このおはぎも差し入れのひとつだ。

「ゆであがりそうだった魚、村長は受けとってくれた？」

「最初は断られたよ。気を使うなって。でも、感謝の気持ちだからって引かずにいたら、ようやく受けとってもらえた」

セルキスはふうんと相づちを返す。そのまま会話はなくサツキは黙って食事をし、終わるとたちあがって片付けはじめた。新しくお茶を入れ直し、セルキスにおはぎを食べるかと聞くとうなずいたので、水屋を開けておはぎが五、六個載った皿をとりだした。このときセルキスもサツキについてきて水屋をしげしげとながめた。

「ああ、水屋ってこの簞笥《たんす》か。なるほど風通しをよくするために、真ん中の段の戸をすのこにしてるんだな。虫も入らないし賢《かしこ》いね」

「おまえ、おはぎは知っているのに、水屋は知らないんだな。ヴェルアンは物知りだと思ってたよ」

「やれやれ、まだ疑ってるのか？　ヤエトの文化圏には疎《うと》いんだ。都には何度も行っているけど、あそこは色々ごたまぜだから」

ふたたびテーブルについてからサツキは探るように言った。

「何度もって、前の人生でもって意味なのか」

「ああ、そうだ。信じる気になった？」

サツキはつかの間《ま》ためらったが、とうとううんとうなずいた。

「おまえがヴェルアンだとしたらいろいろと腑《ふ》に落ちることがある。さっき村長の家で話を聞いてきたんだ、ヴェルアンのことを詳しくさ。物知りのご隠居《いんきょ》がいただろ、あそこは」

「なにを聞いてきた？」

「ヴェルアンが産まれたときは記憶を持っていない。普通の人間として育つが、十五の年になると記憶がよみがえる。そうなのか？」

「ああ。それはヴェルアンの目覚めと呼ばれている。十五の誕生日の前に高熱をだして一週間ほど寝込む。その間夢うつつの中で記憶がよみがえる。一代、二代、三代、四代前までの記憶が頭の中にあることに気づくんだ。そして熱が引いたときには身体に痣《あざ》ができる」

言いながらセルキスは右の袖《そで》をめくった。手首と肘《ひじ》の真ん中あたりにそれはあった。青い蔓草《つるくさ》模様の刺青《いれずみ》のような痣だった。

「これは子供の親たちへの合図にもなる。自分の子がヴェルアンになったというね」

「ヴェルアンは永遠の命など持っていなくて、ひとりひとりの寿命《じゅみょう》は普通の人間の半分以下——三十年しか生きられないってことも聞いた。これも正しいか？」

「ああ。正しい。ヴェルアンを持ったことのないヤエトの民で、そこまで知るものはあまりいないよ」

サツキはふーっとため息をついて椅子《いす》の背もたれに身をあずけた。

「道すがらずっと考えてきたんだ、あることを。……やっと繋《つな》がった。答えがわかった」

サツキはセルキスの顔をじっと見つめた。

「おまえは前の人生で、父さんと一緒にいたことがあるんだな。この腕輪を預けて、その後三十歳で一度死で、そして生まれ変わってふたたび父さんに会いに来た。そういうことなんだな？」

セルキスの表情はゆっくりと変化していった。端正《たんせい》な顔に表れたのは、理解を得られたことによる安堵《あんど》と、秘密を知られたことによるある種の諦《あきら》めだった。

「その通りだよ。賢《かしこ》いなきみは、よくわかったね」

「茶化すな。これだけ手がかりがあればだれでも気付く。十五でよみがえる記憶や三十年の寿命。もう一つの『タリハ』という名前。父さんがうわごとでつぶやいた言葉。タリハというのは、おまえの前の名前なんだな」

「ああ。ここまできたからには、すべて打ち明けた方が良いんだろうな。聞きたいか？」

「もちろんだ」

「いまから二十六年前のことだ。ヒロチカが侍《さむらい》試験に合格してすぐに、僕の【記憶の姉】タリハはヒロチカを用心棒として雇《やと》った。記憶の姉というのは一代前の相手をさす言葉だ。女なら姉、男なら兄とね。二代前なら父母と呼び、三代前なら祖父母、四代前なら曾祖父母《そうそふぼ》と呼ぶ。ヴェルアンが記憶を語るときに決めた便利な言葉だ」

　サツキは自分でもブツブツつぶやきながら、なるほどとうなずいた。

「その後三年間、タリハが短命の呪いで死ぬまで一緒に旅をしてきた」

「三年も旅を？　用心棒に父さんを連れて、一体どこまで旅をしていたんだ？」

「ある重要な役目を果たしに、としかいまは言えないな。簡単に話せることじゃないんだ。許してほしい」

「そうか。うん、それはいい。あとはこの腕輪だ。最初はタリハが持っていたってことだな？」

「そうだ。タリハが持っていた。だが最初ではないよ。その前には別のヴェルアンが持っていた。その前も、その前も……何人か侍《さむらい》の手も経たが、代々ある目的を持ったヴェルアンが身に付けていたものだ。サツキ、きみがいましている腕輪はただの装飾品じゃない。貴重な情報を保管している記憶の腕輪なんだよ」

「記憶の腕輪……？　あ、ひょっとして、はめたときに火傷《やけど》したような熱を感じたことや、ときたまチクチクと痛んだりすのは、全部そのせいか？　これが普通の腕輪じゃないからか」

　サツキが腕輪をした右腕をさするとセルキスはすまなさそうにうなずいた。

「そうだ。腕輪の持つ霊力のせいだ。痛むのは腕輪がきみに馴染《なじ》むために、きみから力をもらい、代わりに貯めた記憶を見せようとしているからなんだ」

「うそだろ……。わたしは記憶なんて見たことないぞ」

「うん。実はわれわれヴェルアンか侍でもないかぎり、腕輪から記憶を受けとることはできない。造ったときにそう決められた。サツキ、その腕輪はある意味生き物なんだ。身に付けている人間から微量の生命力をもらって生きている。貯めた記憶を保管し続ける。もし持ち主の身体から長時間外されたり、持ち主が死んだ場合、腕輪は力が得られなくなって眠りにつく。正統な譲渡《じょうと》の儀式もなく他人がはめた場合もそうだ。眠りについて反応しなくなる」

「腕輪は壊れてしまうってこと？」

「いいや、ヴェルアンか侍かがふたたび腕にはめれば、眠りから起こすことができる。ただしその場合、起きるまでに少々時間がかかるんだ」

「どれくらいだ？」

「きっかり二百日」

「なるほど。ようやくおまえが一年待てず、腕輪を返してくれと言ったわけが分かった。二百日なら、来年のわたしが侍試験に合格するまでの期間より少し短いものね。どうせ腕輪の正式な譲渡の儀式というのも、侍かヴェルアンでなければできないんだろ？」

「残念なことに、その通りなんだ」

サツキはまたもや椅子《いす》の背もたれに背中を預けた。話に夢中になって前のめりになっていたのだ。テーブルに残した右腕の袖《そで》からは銀の腕輪がのぞいている。何の変哲《へんてつ》もない簡素な腕輪と思っていたが、セルキスの話が本当ならこれは極めて貴重な腕輪になる。そしてセルキスは真実を言っている。何代ものヴェルアンに受け継がれてきたということは、これはかれらにとってとても重要なものなのだろう。

（そんな事情があるなら、一言言ってくれればよかったのに父さん……）

サツキは胸の内で思ったが、それに関してのセルキスの言葉を思い出した。

『……言えなかったんだ。きみを巻き込みたくない気持ちも半分あったと言っていた。自分で選んで欲しいからと――』

ふと疑問に思った。父親はなにを選ばせようとしたのだろう。なにを選んで欲しかったのだろう。侍《さむらい》になることではないはずだ。それに関してサツキの心は決まっていた。試験に落ちる怖さはあったが、侍になりたいとはっきり思っていた。

では、なんだろう。

父親は『巻き込みたくない』と言った。ならば父親は『巻き込まれていた』ことになる。なにに巻き込まれていたのか。……タリハと旅をすることだろうか。考えるうちにサツキの心に自然と答えが浮かんだ。セルキスが言った『簡単には言えない旅の目的』だ。あることを為《な》すために、の、あることだ。それを、自分で選んで――――。
　サツキははっと気づいた。父親はサツキが巻き込まれることを、自分で選んで欲しかったのだ。
　なんのためにだろう。父親は損得で物事を考える人ではなかったが、サツキが一方的に被
害を被《こうむ》ることを望むはずがない。
　銀の腕輪を目の高さまで持ちあげサツキはじっと見つめた。
「なあ、おまえの前の人生……【記憶の姉】のタリハが、腕輪をヴェルアンじゃなく父さん
に持たせたということは、その時タリハは命の危機に脅《おびや》かされていたんじゃないか？」
「……確かに、タリハの寿命《じゅみょう》は間近に迫っていた」
　サツキには容易に想像がついた。病床《びょうしょう》の父親がしたようにタリハも己《おのれ》の時間がないこと
を悟り、その場にいる相手に腕輪を譲《ゆず》るしかなかったのだ。
「父さんと旅をしていたタリハは、旅の目的を成し遂《と》げられなかったんじゃないか？」
「彼女はできるだけのことはした。でも最後の目的を叶《かな》えられなかった」
　父親は志《こころざ》し半《なか》ばで倒れたタリハのことを、さぞ不憫《ふびん》に思ったろう。自分が最後まで手助
けできずに終わったことを悔しく思ったはずだ。深く同情したに違いない。それを継いで欲
しいのだろうか。

突然サツキの心に光明《こうみょう》が差し、ある答えが浮かんだ。

サツキが産まれる前の話。父親が母親に告げた「もう、大切な人とは別れたくない」という言葉――。あれは、タリハのことをさしていたのだ。他に考えようがない。では果たして、母親はそのことを知っているのだろうか。

サツキはガタンと椅子《いす》から立ちあがった。セルキスは多少驚いた顔でこちらを見た。

「どうした。話はお終《しま》いにするのか？」

「――いや……。まだ終わりじゃないな……ごめん。続けよう」

ふたたび椅子に戻ったもののサツキはまた考えこんだ。セルキスもわかっているのかそれを邪魔しない。

心に浮かんだ考えに矢《や》も楯《たて》もたまらず立ち上がってしまったが、母親へ聞くのはあとからでもできる。いまはこの腕輪について考えなければならない。

セルキスは正直に話してくれた（かれのできる範囲であるにしろ）。それは評価するべきことだ。おかげで父親がどんな意味を込めて腕輪を渡したのかわかってきた。

この件に関してサツキはなにも聞かされなかった。が、腕輪をサツキに残したのだから、父親がこのことを心にかけていたことは間違いない。父親はきっとあとを継いでもらいたいと思っていた。なにも言っていかなかったのは――信じていたからだ。自分の娘が正しい道を選ぶと、そう信じていたからだ。

だったら、その信頼にこたえるには——。

「わかった」

サツキはきっぱりと言った。

「侍《さむらい》になる。今年の試験を受けに行く。侍になって、この腕輪を正式におまえに譲《ゆず》る」

「ほんき……か、サツキ」

「あたりまえだ。こんなこと冗談では言えない。試験を受けに行くよ」

もう一度宣言し、サツキは椅子を立つと母親に報告してくると部屋をでた。

ひとり残されたセルキスはあまりの安堵《あんど》感にしばらく呆《ほう》けていたが、やがて胸の前で手を組むと祈りを捧げた。

「感謝します、女神シュ・ヴェル。感謝しますヤエトの神。……わが友ヒロチカ」


サツキが家の中を捜すと、母親はまだ納戸《なんど》の奥からあれこれ行李《こうり》を引っ張りだしていた。行李は柳を編んだ大きなカゴで、同じ形の蓋《ふた》をピタリとかぶせて衣類などをしまうのだ。

部屋中に並べられた沢山の荷物を避けながらサツキは母親の元へ行き、今年の侍試験を受けに行くと告げた。母親の返事は「そうでしょうとも」だった。

「驚かないの母さん」

「驚くわけないでしょう。お父さんも勧めていたし、サッキも行きたいって顔に書いてあったもの。第一サツキが試験を受けに行かなかったら、母さんのこの午前中の重労働が無駄になっちゃうじゃない」

母親はいましがた引っ張りだした行李《こうり》を開けて、あらここにあったと嬉《うれ》しそうな声をあげた。

サツキがのぞくより早く母親は大きな桐《きり》の箱を取りだしていた。床に置いて箱を開けると、さらに風呂敷包みが見えた。母親は箱に入れたまま結び目をほどき、ようやくでてきた中身をサツキの前にばさりと広げた。

それは黒い長袢纏《ながばんてん》だった。

そっけない黒地の布に背中の斜め下半分は真っ赤で、真ん中に横顔の髑髏《どくろ》が配され、黒と赤の色の境目は長い侍刀《さむらいがたな》で仕切られていた。髑髏と刀の縁《ふち》は上質の銀糸《ぎんし》で縁取《ふちど》られていて、いまでもきらりと光っていた。

とても派手な衣装だった。同時にサツキは子供の頃これと同じような長袢纏を見たことがあった。同じく黒地だったが背中に髑髏ではなく勇猛《ゆうもう》な白い虎が描かれていた。それは白《びゃっ》虎《こ》将軍の元で働く侍だけが身に付けることを許された正装だった。

「母さん、これ……ひょっとして……」

「お父さんが侍試験の最終試合のときに身に付けていらっしゃったものよ。お父さんのご両親がこしらえてくださったものなの。どうぞ受かりますようにって、裾《すそ》の裏に『必勝』の文字を刺繍《ししゅう》したのよ。お義母《かあ》さまがわたしにも一刺し入れさせて下さったわ」

母親は袢纏《はんてん》の裏を返し裾の文字を見せてくれた。サツキは母親のそばにしゃがみ込んでかつて父親の着た長袢纏をしげしげと見た。

「父さんが侍になったのって十九のときだよね」

「そうよ。お母さんはそのひとつ下の十八。同じ町に住んでいて、親同士の決めた許嫁《いいなずけ》だったけど、その頃からお父さんのことが大好きだったわ」

母親はそんなことをさらりと言う。とたんにサツキは母親に聞こうとしていたことを思い出した。

「ねえ、母さんは知ってたの？　父さんが……昔ヴェルアンと一緒に旅していたって」

すると母親は微笑《ほほえ》んでやさしくサツキの頬《ほお》をなでた。

「そんな緊張した顔で聞くもんじゃないわ。あの人から話を聞いたのね。もちろん母さんは知っていたわよ。サツキが生まれたときになにもかも話してくれたもの」

「……父さんの言った大切な人って、そのヴェルアンの女の人のことだったんだね」

「そうよ。そして母さんのことも、その人と同じくらい大切だと思ってくれていた。サツキ、そのことを忘れているわよ。それにあなたは、お父さんの宝物。ね、お父さんは大事なものをみっつも持っていた幸せな人なのよ」

母親はサツキの顔に手をそえて、こつんと額同士《ひたい》をぶつけた。

サツキは幸せな気持ちが心に広がっていくのを感じた。これほどやさしくすばらしい母親を父親が愛さないはずがない。だから「大切な人」と言ったのだ。ヴェルアンのタリハと同じく、「大切な人」と。

「さあ立って、これを羽織《はお》ってみて。試験の最後には剣の試合があるでしょ。そこではみんな目立つために工夫を凝《こ》らした衣装を身につけるんですって。サツキもうんと格好つけなくちゃね」

「でも最後まで残るかどうかなんてわからないよ?」

「なに言ってるの。受かる気満々のくせに」

母親は笑って、立ちあがったサツキの背中にヒロチカの長袢纏《ながばんてん》をあてた。もちろんどこもかしこも大きすぎた。

「さてどうしようかしらね。端に模様がないから、これなら柄《がら》あわせに悩まないで詰められるけれど……。サツキ、これをむこうで売って、新しくサツキの好きなものを買ってもいいのよ。髑髏《どくろ》に刀はちょっとサツキには渋すぎるものね」

「ええっ、いいよ。これ着るよ。父さんの長袢纏売るなんてぜったいやだ」

サツキが長羽織《ながばおり》をぎゅっと抱きしめたとき、部屋の外で咳払《せきばら》いがした。

「よろしいですか？」

親子が顔をあげると開いたままの戸口にセルキスがたっていた。部屋の外から入る光で、かれの髪はロウソクの炎のように輝いて見えた。

「その袢纏、試験場のある御堂郭《みどうくるわ》の中の専門の仕立屋に出せば、半日で丈《たけ》をつめてくれるし、二日もあれば新しい刺繍《ししゅう》も入れてくれますよ。前と肩に色を散らせる柄《がら》にすれば、かなり華《はな》やかで娘さんに似合うようになるはずで」

「あら、それはいいわね。そうしましょうよサツキ。教えてくれてありがとう。ところでセルキスさん、ここへ来るときに都を通っていらっしゃったんでしょ。侍《さむらい》試験の詳しい日程はおわかり？　間《ま》に合うように出発するにはいつまでに出発すればいいのかしら」

母親が聞くと、セルキスはすまなそうに目を伏せた。

「それが……考えていらっしゃるよりたぶん急だと思いますが、明後日《あさって》の朝には出発しないと試験の登録に間に合いません」

「なんだって。試験まであと二十日はあるはずだろ。都へ行くのには馬で五日もかからない。

いくらなんでも早すぎる」

サツキが抗議すると、母親はそれをやんわりと押さえセルキスに聞いた。

「ひょっとして日程が早まったのではないの？」

「実はそうなんです。僕もここへ来る途中に都によってはじめて知りました。それに都へ通じる道で大きな崖崩《がけくず》れがあって、迂回路《うかいろ》を通ると二日ほど遠回りすることになるんです」

セルキスは年上の婦人に対して礼儀正しく話した。

サツキはどうしようと母親を見た。覚悟はしたものの、こんなに早く離れることになるとは思っていなかったのだ。

しかし母親はそんなサツキの弱気をものともせずに、ぱんと手を打った。

「さあさあ、ここでつったっていてもしょうがないわよサツキ。村長《むらおさ》さんの所へ行って事情を話して、お父さんの馬をひきとってらっしゃい。その後は試験に必要なものを調べて荷造りよ。ほら、行きなさいサツキ」

「あ、はいっ」

母親に急《せ》かされて、サツキは慌《あわ》てて動き出した。

「僕もきちんと挨拶《あいさつ》をしてくるよ。一緒に行こう」

セルキスがサツキに声をかける。だがかれは動きだすまえに一度サツキの母親をふりむき、

深々と頭をさげた。

「ありがとうございます。娘さんを必ず無事試験場に送り届け、侍《さむらい》になるところを見届けてきます」

「ええ。サツキのことよろしくお願いします」

母親は板《いた》の間《ま》で正座をし、ほとんど額《ひたい》が床にこすれんばかりに頭をさげた。

＊　＊

出発までの二日間はあっという間《ま》にすぎた。

サツキは食事の席を暖める間もないほど慌《あわ》ただしく荷造りに追われていた。はじめに荷物を作ったときは、あれこれ必要な気がしてとんでもない大きな塊《かたまり》になってしまい、途方に暮れた。そこをセルキスに見つかって、大いなる壁カヌアダイル大山脈を越えるつもりかと笑われた。そこでムキになって荷物を減らしたら、今度は隣の村へのお遣いかとやっぱり笑われた。

「じゃあ手本を見せろよ。おまえはなにを持っているんだ」

腹立たしくなってサツキが聞くと、セルキスは自分の持ってきたものを教えてくれて、なんと一緒に荷物のより分けを手伝ってくれた。分けながらセルキスは予備があったほうがいい道具、ふたりでひとつあれば困らない道具など、ひとつひとつ教えながら選別してくれて、サツキはなるほどとうなずくと同時に、案外こいつも親切なんだなと感想を持った。

侍試験を受けに行くことは村の中にあっという間に広まった。人々はサツキが外を歩けば必ず応援の言葉をかけてくれたし、それでたらない者は家までおしかけて激励の言葉を言っていった。

サツキは村の人々に礼を言い、留守《るす》のあいだ母親を頼むと頭をさげた。慌ただしく旅立ちの準備をする中、それだけが心配だったのだ。

母親をひとり家に残す不安に対して妙案《みょうあん》が浮かんだのは、お腹の大きくなったタスケの嫁フミがサツキに首から下げる袋をくれたときだった。

きっとサツキの母親や他のだれかが、『狩りと戦いを司《つかさど》る神』アズ・フースの神官からお守りをもらってくるだろうから、それを入れて下さいと袋をくれたのだ。産まれてくる赤ん坊のための産着《うぶぎ》の切れ端で作ったというそれは、古いが上質のつづれ織りで、由来を聞くと祖母からゆずられた嫁入りの着物をといたものだと教えてくれた。

「奥様が寂しくないように、赤ん坊が産まれたら毎日顔を見せにうかがいますね。きっとうるさいって怒られてしまいますけど」

そう明るく笑ったとき、サツキは思いついたのだ。タスケ夫婦に自分の家に住み込んでもらうことを。

出発の準備で忙しい中、サツキは母親とタスケ夫婦のもとを何度か行ったり来たりして話をまとめ、サツキが出発した日から家へ来てもらえることにした。

もともと親の家に沢山の家族と同居していたタスケ夫婦はこの提案をひどく喜んでくれ、サツキの母親もその状況を知っているせいか大賛成をし、「どうしてもっと早く考えつかなかったのかしら」とまで言った。サツキは本当に安心した。これで母親が寂しい思いをしたり、家の中でひとり病気で倒れていないかなどと心配することもなくなった。

そしてサツキが試験を受けると決めた二日後。

気持ちよく晴れた朝、サツキは村人総出で見送るなか、馬に乗りセルキスとともに都へむけて出発した。

第四章　都へ

　女神シュ・ヴェルの神殿の裏手で、剣と刀の攻防がくりひろげられていた。

　剣はセルキス。刀はサツキ。互いに真剣を手に打ちあっている。

　気合いのこもったセルキスの突きをサツキは刀の峰で逸《そ》らすと、セルキスは半身返して横から剣を叩きつける。それをサツキは軽々とよける。

　打ちこみあいに見えているが、攻めているのは実はセルキスのみでサツキはそれを巧みに逸らし、よけ、あるいは鍔元《つばもと》でうけとめて跳ねかえしていた。

　剣戟《けんげき》が響いて三十分ほどしたころセルキスは「まいった」と宣言して剣を下ろした。かなり消耗《しょうもう》したのか、肩で大きく息をしている。

　サツキもすぐに刀をひいて鞘《さや》におさめたが、その顔は不服そうだった。

「もう終わりか？　昨日よりバテるのが早いんじゃないか？」

「昨日より避けずに跳ね返す頻度《ひんど》が多かったり、それに乗《じょう》じて打ちこむ回数が増えて、こっちが慌《あわ》てて飛びのくはめになってるからだって考えはないのか？」

セルキスが言うとサツキは笑った。

「なんだ気付かれてたか。そっちにも緊張感がないとつまらないと思ってさ」

これはもともとサツキが、「馬に乗ってばかりじゃ身体がなまる。剣を持ってるなら多少は扱えるんだろ。稽古《けいこ》相手になってくれ」と持ちかけたものだった。

しかしいざはじめてみると、セルキスはなかなかの剣の使い手であることがわかった。むろん侍《さむらい》になるよう父親から訓練を受けていたサツキに勝つほどではなかったが、剣の基礎をどこかで修得していることは間違いなかった。一日目で互いに相手の実力を理解するとセルキスは申しでた。自分の実力ではサツキの稽古には不足だ。打ちこむのは自分のみにして、サツキはそれを防戦する方法に変えようと。

そう決めたにもかかわらずサツキが巧みに打ちこみ、それを白状したものだから、セルキスはじろりとサツキをにらみ、乱れた髪をかきあげた。

「余裕の発言をするわりには、またクセがでてた。剣相手に刀のかまえにいちいちもどるのは無駄だと言ったろう」

「そうはいっても、刀の構えは基本がすべてなんだ」

セルキスは顔をしかめた。

「まったく……おなじことを言わせるようなことするなヒロチカめ。ワザとやってるのか……」

　ブツブツとつぶやいたあと、もう一度サツキにむかって口を開いた。

「ヒロチカもそっくりなことを言ってたよ。けど、命のやりとりのなかで臨機応変を忘れると、そのまま死ぬことになるぞ」

　サツキははっと右手を押さえた。セルキスの言葉を聞いたとたん銀の腕輪をした部分がチクチクと痛んだのだ。

「おい、いま──」

　サツキが言いかけたとき、建物の陰から人がやってきた。

「おふたりともここにいらっしゃいましたか。食事の用意ができました。ささやかな夕餉《ゆうげ》ですが、剣の稽古が終わりましたらどうぞ食卓へおいでください」

　呼びに来たのは青と白の服を着たシュ・ヴェルの神殿に勤める神官だった。

　サツキはとたんに自分の腹がなるのを聞いた。

　剣の稽古で一時的に忘れていたが、一日中馬の背に揺られてすっかり腹が空《す》いていたのだ。ここで剣術についてセルキスとああだこうだと言いあうより、テーブルについて暖かい食事をとるほうがよっぽど重要だった。

(腕輪の反応についてはまたあとで聞けばいい)
セルキスもおなじだったのだろう。腹に手をあててこちらを見ると、サツキとほぼ同時に
「いま行きます」と答えた。

サツキとセルキスがコノギ村をでて、今日で三日がたっていた。

その間セルキスはサツキの道案内を務め、都へ行く道すがらの村で宿を求めたのだが、泊まったのはすべてシュ・ヴェルの神殿だった。

セルキスがそこ以外には泊まらないと言ったからだ。

最初にその計画を話されたとき、サツキは当然異議を唱えた。

「普通、旅人が宿を求めるのは『生と豊穣《ほうじょう》と結婚を司《つかさど》るイラ・パシス』の神殿だろ。あそこはだれにでも門戸《もんこ》を開いてるじゃないか。宿賃《やどちん》が払えない貧しい者にも、スープと寝床《ねどこ》を提供してくれるって聞いたぞ」

「べつにお金がないわけじゃない」

「それならどうしてだ。このあたりの小さな村じゃうちとおなじで、ひとつの村にひとつの神殿だろ。それがシュ・ヴェルの神殿とは限らない。いちいち聞いてたら手間がかかるし、夕方通りかかった村に都合よくあるともかぎらないじゃないのか」

「うん、だからその日の移動時間は多少前後すると思うけど、いちいち聞く手間だけはいらないよ。あれが教えてくれるから」

そう言ってセルキスは頭上を示した。

そこには青い聖鳥《せいちょう》の姿があった。光沢《こうたく》のある羽根が陽射しを浴びてキラリと光る。

女神シュ・ヴェルの聖鳥はサツキたちがコノギ村を出発してしばらくすると頭上に姿をあらわし、ずっとついてきていた。

サツキが、もしやあのとき呼んだ聖鳥かと聞くと、セルキスはそうだと答えた。

「旅の見張り役・護衛・目印。そんなものだよ。カヌアダイル大山脈を越えてからずっとついてきている」

「じゃあ最初にあったときに道連れみたいなものって言ったのはあの聖鳥のことか。ばちあたりだし、贅沢《ぜいたく》な奴だな。……ヴェルアンには全員くっついてるのか？」

「まさか。僕の環境が——特別のなかの特別だからだ。ついでに聞くけど、旅人が病気の場合、どこが助けてくれるのかしってる？」

「もちろん。『死と法律を司るカヌー・シュ』神殿だろ。病《やまい》と死は近しいものだって神官たちは医術にも長《た》けているんだろ」

「そのとおり。侍《さむらい》や騎士だったら、『狩りと戦いを司るアズ・フース』の神殿に駆けこめばいい。あそこは戦士のための神殿だ」

「で？　シュ・ヴェルはなんのための神殿だ」

サツキはやや意地悪く聞いた。セルキスはさらりと答えた。

「知識と芸術。学者と芸術家だろ。それと、われわれヴェルアンのための神殿だ」

会話をここでしめくくられ、結局なぜシュ・ヴェルの神殿に泊まるのかのはっきりした理由は聞けなかったが、サツキはセルキスの動向を見て、なるべく姿を隠していたいのだなと見当をつけた。旅の途中は背中に落としているフードを、村が近づくたびにきっちり目深《まぶか》にかぶりなおすからだ。

バランジャ半島ではたしかにダール人は悪目立《わるめだ》ちをする。それで難癖《なんくせ》をつけられないようにするためだとセルキスは言う。神殿に泊まり、なかに勤めるものに口止めをすればダール人が来たと口外されることはないと。

サツキはうなずいたが、それ以外にもなにか秘密がある気がしていた。

夕食の知らせを持ってきた神官のあとについて神殿内を横切るとき、サツキは女神シュ・ヴェルの像の前で足をゆるめた。なぜかこの女神像に心が惹《ひ》きつけられていた。

知識と芸術の女神はほっそりとした身体で、衣服から見える手足には蔓草《つるくさ》の刺青《いれずみ》が彫られている。教えによればこの蔓草の葉のひとつひとつが尊《とうと》ぶべき知識をあらわしているという。顔は若い女性で当然ながらうつくしく、知識の神ということもあってか同じ女神イル・パシスに比べると冷たく凛《りん》として見える。だが、最大の違いはその表情だ。女神シュ・ヴェルの目はほとんどつむらんばかりに伏せられているのだ。

女神の目からはとめどなく知識があふれており、それを防ぐために目を伏せているといわれている。なぜなら知識のなかには人にとって悪いものや手にあまるものもあるからだ。

――それを女神から奪った者たちがヴェルアンの祖なのです。

旅の最初の日、サツキがヴェルアンのはじまりについて聞くと、シュ・ヴェルの神官はそう言った。聞いたのはむろんセルキスが同席していないときだ。

「――かれらは昔女神に仕える貴《とうと》い人々でしたが、己《おのれ》の欲に負けて女神の知識を奪ったのです。

そのなかには神と同じ永遠の命をもたらす『至宝《しほう》の知識』もあったため、かれらは永遠の命を授かりました。

もちろん女神はお怒りになり、かれらを罰《ばっ》するために魂《たましい》の長さだけはそのままに身体だけ、永遠とは反対の三十年という短命の呪いをかけたのです。

けれど女神はかれらに慈悲《じひ》もくださった。

生まれてから子供時代の十五年間は記憶がよみがえるのを封じ、そのあいだだけでもヴェルアンが人間らしく暮らせるようにとりはからってくださったのです。

いま生きるヴェルアンたちは過去の記憶を四代前までしか保持していません。まれに五代、六代分の記憶をもつヴェルアンもいますが、かれらは皆極端に身体が弱く、精神も安定していません。

魂《たましい》と記憶の重さに心が耐えられないのです。ですからヴェルアン自身が女神の知識をつかい、よみがえる記憶を四代までで封印したといわれています」

シュ・ヴェルの女神像の前でサツキにこう話してくれた神官は、自分自身はヴェルアンの運命を悲しく哀れと思っているとつけ加えた。


夕食の用意された部屋は神殿の奥の居住部分で、木のテーブルと椅子《いす》四脚《きゃく》を並べたらそれでいっぱいになってしまうような小さな部屋だった。別にサツキたちを冷遇《れいぐう》しているのではなく、神殿自体が小さいものなのだ。サツキたちのために用意された部屋も今いる場所と大差ない大きさで、寝台をふたつ並べるのがやっとだった。

神官と見習いの少年とともにサツキたちは夕食をとった。たっぷりのジャガイモとニンジンを東国風にトマトで煮たもので、骨付きの鶏肉《とりにく》がはいっていた。それに七分《しちぶ》づきのご飯と鶏で出汁《だし》をとった大根と青菜の汁物がそえられていた。

サツキがふと横を見ると見習いの少年が——サツキよりふたつ三つ下だ——よだれを垂らさんばかりに食事を見ているのがわかった。きっと滅多《めった》にないごちそうなのだろう。そう思っていると案《あん》の定《じょう》神官が、鶏は近所の村人から分けてもらってきたのだと言った。神官は気前よくサツキたちにおかわりをすすめ、セルキスからヴェルアンならではの話を聞いていた。

「私は神官になるために都の神殿で修行を果たしましたが、ヴェルアン族の人と直接言葉を交わしたのはこれが初めてです。なんとも喜ばしいことです」

「帝国領域や大陸に渡ったことはないのですか？」

「もちろん任命を受けるときに大陸のシュ・ヴェルの神殿へ赴《おもむ》きましたが長期滞在はしませんでした。そのようなわけではなはだ田舎者《いなかもの》なのですよ」

神官はお恥ずかしいと笑ったが、セルキスは、

「このような暖かい持てなしこそ女神の第一の特筆《とくひつ》、慈愛《じあい》を体現なさっているのです。神官殿はシュ・ヴェルの第一のしもべとおなりです」

そう、熱のこもった口調で言った。

神官はダール人のヴェルアンから言われたことで感極《かんきわ》まったようすでセルキスに何度も礼

を言った。そのまにサツキは、神官がよそってくれたおかわりの皿から、鶏肉をひとつ見習いの少年にわけてやり、内緒だよと目配せをした。

　少年は顔を輝かせてコクコクとうなずき、おおあわてで鶏肉にかぶりついた。


　翌朝ふたりは夜明け前に神殿を発《た》った。

　この先にセルキスの言った崖崩《がけくず》れを起こした道があるのだが、神官の話によればいまだ通行は難しく、当初の予定通り主街道をそれて回り道するしかなかった。たがそれは安全とは言いがたい古い山道で、余裕を持って峠を越えるために夜明け前の出発となったのだった。

　セルキスが事前に警告したとおり、道は人ひとりと馬一頭が通れるだけの細い幅だった。おまけに峠までには身体を崖がわにへばりつかせるようにして通らなければならない場所もいくつかあった。そんなところを通るときは、よく道の端がボロリと崩れ、ひやりとすることも多かった。

　昼をすこし回った頃、サッキたちはようやく峠を越えることができた。予定の時間よりも遅れていたが、馬にも人にも疲れがでており、昼ごはんは時間をかけて食べることにした。ところが持ってきたパンを半分も食べないうちに冷たい風が吹きはじめ、雲行きが怪しくなってきた。

「まずいな……くだりで雨に降られるとますます足もとがすべる」

雲をにらみながらセルキスがこぼす。

「来るときもここをとおってきたんだろ？　途中で休めるような場所はあるの？」

「……一ヶ所だけあるかな。洞窟《どうくつ》じゃないけど、崖が大きく内側に削《けず》れてるんだ。そこを過ぎればまた細い道になるけれど山を半分もくだれば、道は広くなって森のなかを通るようになる」

「わかった。どれだけひどい雨になるかわからないけど、まずそこを目指そうよ。そんときの雨の降りぐあいでようすを見てあとは考えよう」

「それが一番だな」

ふたりは慌《あわ》ただしく荷物をまとめ、相棒の馬の首を優しく叩いて道をくだりはじめた。

十分ほどしたころ風が強くなりはじめた。湿っぽい重い風で、雨が間違いなく降ることを予想させた。パラパラと雨粒が降ってきたのはそれから間もなくだった。乾いた山道が水玉に濡れはじめ、すぐに道全部に広がった。

サツキもセルキスもマントのフードをかぶり、前へ目をこらしながら道を進んだ。

雨はそれほど強くなかったが、とにかく視界が悪くなった。一歩一歩確かめて歩くため、じりじりとしか進めなかった。

　遠くで空が光り低い雷鳴が聞こえた。馬たちが神経質にピクピクと耳を動かす。

「こっちへくるかな？」

　サツキが不安そうにもらすとセルキスは稲光《いなびかり》の光ったほうを見つめて「いいや」と答えた。

「雷雲はだいたい同じ所をまわるんだ。風むきからいって山のこちらがわに来る確率は低いと思う」

　サツキはホッとして同じ言葉を自分の馬にも言ってやった。

　強風に何度かマントの裾《すそ》をあおられ、サツキは必死に足をふんばった。風に反応して瞬時に身体を最も抵抗を受けない角度にひねるが、狭い道のうえではそれも限界がある。強い風はマントのあわせを開いて、冷たい雨の粒を服の中へすべらせてくる。フードは何度も風に吹かれて頭から落ち、しまいにサツキはかぶりなおすのをやめてしまった。

　時間がたつにつれて雨ははげしさを増した。サツキは十歩ごとに「避難所はまだか」と怒鳴りたくなるのを必死に押さえた。そんなことをしても体力が消耗《しょうもう》するだけだし、前を行くセルキスを苛立《いらだ》たせるだけだ。それでなくとも先頭は道に目をこらしたり風をまともに受けたりで大変なのだ。できれば半時間ずつ交代してやりたいが、この道の狭さでは馬を連れて前後をいれ替えるのは危険だった。

サツキは忍耐力を総動員し、前に進むことだけを考えて一歩一歩着実に歩いていった。

どれくらい時間がたったろうか、前を行くセルキスが声をあげてこちらをふりむいた。

「どうした？」

「ついたんだよ。避難場所だ。もうすぐそこに見える」

サツキがセルキスの指さす方向を見ると、雨の中にもくっきりと黒い筋が山肌に刻まれているのがわかった。

避難場所はセルキスの言うとおり、山側にえぐられたくぼみだった。昨日寝泊まりした小部屋と大差ない空間で、洞窟《どうくつ》ではないが、両側が囲まれているので風はほとんど防ぐことができ、頭上にはうまくしたことに木がせりだしていたため、雨の方もこれまたほとんど当たらなかった。

「よかった、これですこしはしのげるな」

「ああ。せめて風が弱くなるまで待っていよう」

サツキはセルキスの言葉にうなずくと、荷物の中から馬の手入れ用の竹べらをとりだし、自分の馬のぬれた身体から雨の滴《しずく》をていねいに落としはじめた。風がさえぎられたおかげで寒くはないが、ぬれたまま乾くにまかせていたら体温が奪われて消耗してしまう。横を見るとセルキスもおなじことをはじめていた。それが終わるとサツキはようやく自分のぬれた頭を手ぬぐいでふき、ついでに昼間食べかけていたパンをとりだしてかじりだした。

ふとサツキはセルキスが自分をじっと見ているのに気づいた。

「なんだ？　パン、全部食べちゃったのか？」

「いや、そうじゃなくて。……感心したんだ。この雨の中愚痴《ぐち》ひとつ言わないし、避難したら真っ先にしたのは自分じゃなく馬の手入れだし。そのあとは身体を冷やさないよう自分の面倒をみたり、残り物の食事も文句言わずに食べるし。ひとつの無駄もワガママもない」

「ワガママって……」あまりにそぐわない言葉にサツキはつい笑った。「言える状況じゃないだろ。それに侍《さむらい》を目指すなら、これくらい普通のことだ」

「まあ、うん。そうだけど。僕のしってる十五歳の女の子たちじゃあ、とてもきみのようにはいかないからさ」

「そりゃ比べるほうが間違いだ。おまえの知ってる女の子たちとやらは、きっとわたしにできない何かができるはずだし」

「……サツキにできないこと？　考えつかないな。たとえばどんな」

セルキスは眉根《まゆね》を寄せて真剣に聞いたので、サツキも真顔でかえした。

「おまえのまわりにどんな女の子がいるかしらないが、たとえば、その上着についてるみたいなきれいな刺繍《ししゅう》とか、膝掛《ひざか》けを編むとか、ダール人ならほかに竪琴《たてごと》を演奏するとか――

あと歌を歌ったり踊りを踊ったり、そんなのを色々さ。すごいと思うけど？」

サツキの言葉にセルキスはぽかんとしていたが、やがてそのとおりだと笑ってうなずいた。

パンを食べ終わるとサツキはなにもすることがなくなった。しばらくぼうっと雨のふるさまを見ているとセルキスが聞いた。

「サツキはヤエトの古代文字はどれくらい読める？」

「ヤエトの古代文字？　あー、ほんのちょっとなら……かな」

サツキは後ろめたい気持ちで答えた。

大昔、船でこの土地へやってきたサツキの先祖らは、無用の争いを避けるためか故郷と決別するためか、大陸に住む人々と同じ言葉を話すことを選んだ。長い年月のうちにヤエトの民は大陸の言葉を流暢《りゅうちょう》に話すようになり、同時に文字も大陸で発達したものを使うようになった。そのほうが断然便利だからだ。その結果、本来自分たちの持っていた文字はどんどん廃《すた》れていって、いまではごくまれにしか見ることはなくなった。一年の行事に関わる文字ならだれでも読めるが、そうでない文字はサツキの祖父母の代でも読める者はなかなかいなかった。

「まあ必要最低限のものはヒロチカが教えていただろうけど……。侍の試験には筆記もあって、毎回古代文字も出てくる。読めたり書けたりの練習をするといいよ」

そう言うとセルキスは先ほどの竹べらで地面に文字を書き、サツキに読ませ、次にそれを隠して同じ文字を書かせるといった勉強をさせた。それはなかなか有意義な雨宿りの時間のつぶしかたとなった。

サツキは覚えのよい生徒でセルキスの教えた古代文字を短時間にいくつも覚えてしまった。セルキスは感心し、ヒロチカよりもずっと優秀だ、ヒロチカは試験用に勉強したことも終わったあとはぽろぽろ忘れていってたと笑って話した。サツキはそれを聞いたとき、やはり腕輪をした手がチクチクと痛んだのを感じた。

やがてようやく雨雲が切れはじめ風と雨がおさまってきた。

サツキとセルキスは急いで避難所をでて、ふたたび山道をくだりはじめた。

山道は雨ですっかり洗われ、顔をのぞかせた太陽の光を反射して白く輝いていた。

サツキは思わず虹《にじ》でもでないかと空をさがしたが、方角が悪いのかあいにく見つけることはできなかった。

雨も風もやんでサツキたちは喜んだが、すぐにこれはこれでやっかいだと気づいた。ぬれた地面は想像以上にすべりやすかったからだ。

サツキとセルキスはしばらく慎重に進んでいたが、やがてこれでは埒《らち》があかないと立ち止まり、相談をして自分たちの足と馬の蹄《ひづめ》とに滑り止めの靴《くつ》をつけることにした。

馬たちはこんな細い道の途中で足をあげることに渋ったが（不安定になる）なんとかなだめすかし、それぞれの馬に藁《わら》の沓《くつ》をはかせた。人間も馬も藁沓をはくとその後の進みはかなり快適になった。だがすでに雨宿りや馬に沓をつけることでサツキたちはかなりの時間をうしなってしまった。

それが決定的となったのは、山の中腹にかかったときだった。ようやく細く危険な山道が終わった頃、太陽は無情にも地平線に沈んでいくところだった。

「しまった、間に合わなかったか……」

セルキスがくちびるを嚙《か》む。ふたりの前には深い森が広がっていた。

「どうしたの。ふもとの村までそうないんでしょ。月はまだ出てないけど、道はしっかりしてるし、ランプを灯《とも》していけば進めるんじゃない？」

サツキがひょいと森のなかをのぞきこんで言う。

セルキスはうなずきつつも前へ進むことをためらった。

「この森を抜ける前に言っておくことがあってね。日中にとおるならなんともないんだけど……この森にはオオカミの群がいる」

サツキははっと息を飲み、また森に目をやった。

「夜ここを旅人がとおると、かなりの確率で襲われるらしい」

そうセルキスが言ったそばから、森で不吉《ふきつ》に音がした。長く尾をひく鳴き声はオオカミの遠吠《とおぼ》えだった。サツキは森の奥をじっと見つめた。

「ここで待ってても時間がもったいないよ。どのみち進むんでしょ」

「ああ。でないと試験に間に合わない」

サツキは馬に乗ったままセルキスの前にでた。

「じゃ道を教えて。わたしが先にいく」


森のなかの暗さに目が慣れると、サツキはかなり広い範囲まで気を配ることができた。

森は雨にぬれた葉や土の匂《にお》いで満ちていた。

耳には遠くで鳴くミミズクの声、藁靴《わらぐつ》をぬがせた馬の蹄《ひづめ》が土をふむ音、風が梢《こずえ》を揺らす音が聞こえる。

ときおり枝が揺れてばさりと音をたてるのはムササビが枝から枝へ飛ぶ音だ。進む道の先で狸《たぬき》の親子が走っていくのも見えた。

セルキスに頼んでランプはつけないでもらっていた。運良くオオカミたちが風上にいれば、気づかれずにすむ。わざわざランプをつけて人間がいることをしらせなくてもいい。

黄昏《たそがれ》の最後の光も消え去ると森のなかは真っ暗になった。それでもサツキの目はまだ利《き》いていた。先頭のサツキが怖れることなく馬を誘導するため、続くセルキスの馬も落ちついてついてきていた。

森のなかの進行は静かにおこなわれた。セルキスは道の分かれたところでサツキが確認したときだけ指示をし、それ以外は黙っていた。あれ以来オオカミの遠吠えはない。サツキたちに気づいていないのか、警戒しているだけなのか……。

急勾配《きゅうこうばい》の道を一、二ヶ所すぎると道はなだらかなくだりになり、伐採《ばっさい》された木々も多くなって星明かりが届くようになった。サツキは馬の足をはやめると、やがて森の木々のむこうにチラチラと村の灯が見えてきた。

サツキはほっと肩の力をぬいたが、直後に馬の耳が動き、サツキも近づいてくるすばやい足音に気づいた。複数の軽い足音。

「セルキス、飛ばせ」

サツキが警告の叫びをあげて馬を走らせる。セルキスも即座に反応した。

馬の蹄が力強く土を蹴《け》る。するともう追跡の気配を隠す必要がなくなったことを悟り、やつらも全力で追ってきた。低いうなり声。威嚇《いかく》の咆吼《ほうこう》。森に住むオオカミ。

十頭近い群がサツキたちを追ってきていた。足の速いものはすでにふたりの馬に追いつきかけている。ただ追い払おうとしているのではない。サツキたちを襲うために追っているのだ。

「並んで走れ！　剣を外にかまえるんだ」

セルキスの指示にサツキは無言で従い、腰の刀を抜いた。左側に馬をつけたのは右利《き》きのセルキスを庇《かば》ってのことだ。

「来た」

ひときわ身体の大きなオオカミがサツキに飛びかかってきた。

サツキは鞍《くら》のうえに中腰《ちゅうごし》にたち、身体をひねって斬《き》りつけた。

オオカミは着地したとたん、キャンキャンと鳴いて地面に転がった。サツキは今度はセルキスの右に馬を並べ、セルキスの剣のしたをかいくぐろうと狙うオオカミを斬った。

それでも追いすがる獣にサツキは舌打ちをした。このなかに命令をくだす群れの頭《かしら》がいるはずだが見分けがつかない。サツキが手強《てごわ》いからとセルキスのみに攻撃を集中されたらおしまいだ。

と、そのときサツキたちのまわりが明るくなった。上からの光に月が昇ったのかと思ったがそれにはまだ早い。サツキはさっと視線をうえにむけて驚いた。

頭上を聖鳥《せいちょう》が飛んでいた。木々の葉のすぐ上という低い位置だ。

しかも青く輝く姿は葉の茂みをつっきって降下し、恐れることなく一匹のオオカミ目がけ

て攻撃をしかけた。

サツキは直感的にそれが群の頭《かしら》だとわかった。

馬を操《あやつ》り、そのオオカミのそばへ行くと一気に刀をふりおろした。

ぱっと血しぶきがあがった。肩の肉を大きくそがれ、オオカミはうしろに跳んだ。今度こそほかのオオカミたちも攻撃をやめた。

「いまだ」

サツキとセルキスは前を飛ぶ青い聖鳥に導かれ、森のなかを一気に駆けぬけた。

森を抜けて視界の開けた場所に来ると、聖鳥はサツキたちから離れてゆっくりと空高く舞いあがっていった。

サツキはそれを見送りながら懐紙《かいし》をとりだし、刀を拭《ぬぐ》ってから鞘《さや》におさめた。

「あんたの聖鳥のおかげで命拾いしたよ。ありがとう」

「あれがこなくても、サツキならひとりでしのげただろう。足手まといで、すまなかった……」

なにを卑屈《ひくつ》なことをとふり返ったサツキは、セルキスの呼吸がいやに荒いことに気付いた。

馬をとばしたからだろうか。いや、違う。セルキスの袖口《そでぐち》から血がしたたり落ちている。

「怪我《けが》をしてるんだな!?　噛《か》まれたのかっ」

「大したことはない。……と思うんだが。早めに手当てはしたいな」

「ばか、なにやせ我慢してるんだ。どこをやられた」

「左手首のうえ」

セルキスのそばへ行って怪我の具合を見るとサツキは顔をしかめた。

分厚《ぶあつ》い上着を着ているにもかかわらず、くっきりと狼《おおかみ》の牙《きば》のあとがあった。袖をめくってみるとなかのシャツがぐっしょりとぬれていた。セルキスの血でぬれているのだ。しかも血はいまも止まらずに流れ出している。

（傷が深い……！）

サツキはすぐさま荷物から手ぬぐいを出すとセルキスの肘《ひじ》の上を強く縛《しば》り、さらに竹べらを挟《はさ》んでねじり、きつく止血《しけつ》をした。

「やり過ぎだ。腕が痺《しび》れる」

「血を流しすぎるよりいい。腕をあげてついてこい」

聖鳥は飛び去ったが、森の外は星明かりで馬を走らせるには充分あかるく、サツキはふもとの村まで一直線にすすんだ。セルキスも右手一本で手綱《たづな》をあやつりなんとかついてきている。サツキはうしろを何度もふりかえってはセルキスがついてくることを確かめた。

ようやく山道が終わり、ふもとの平たんな場所に着いたとき、さすがのサツキも長い安堵《あんど》の息をついた。

「ついたよ、セルキス。今日はここで――」

ふりかえったサツキの目の前でセルキスの身体がぐらりと傾《かし》いだ。サツキはあわてて馬を寄せセルキスを支えた。

サツキの肩にもたれながらセルキスは細い声でだいじょうぶだと言った。単に気が抜けただけだと。けれど声をだすのもしんどそうで、息も荒い。サツキはそのまま頭を下げてついてこいと言い、ふたたび前を進みはじめた。

二頭の馬はまもなく村にはいった。日が沈んでずいぶんたつので、すでに道に村人の姿はなかったが、サツキは山のうえから見た光景を頭に思い描き、村の山がわのはずれを目指した。そこに神殿らしきふたつの建物が見えていたのだ。

たどりついた場所にサツキの考えたとおり神殿が建っていた。ただしひとつは死を司《つかさど》るカヌー・シュの神殿でもう一つは誕生を司る女神イラ・パシスの神殿だった。セルキスの希望するシュ・ヴェルの神殿はこの村ではなく、ふたつ先の村にあり、元々はそこを目指していたのだ。

しかし、いまはできることをするしかない。

（旅人が病気の場合、どこが助けてくれるか）

先日セルキスとした会話がよみがえる。

「もちろん、『死と法律を司るカヌー・シュ』神殿だ」

サツキは一瞬迷っただけで、すぐさまセルキスをカヌー・シュの神殿に担《かつ》ぎこんだ。

＊＊

セルキスが目を覚ましたとき、部屋のなかにはサツキひとりがいた。

「目が覚めた？　傷が痛んだ？」

サツキがしずかな声で話しかける。

「……ここはどこだ？」

「覚えてないの？　あのやっかいな山をおりてきたところにある天国みたいな村だよ。もっと狭義《きょうぎ》で言うならカヌー・シュの神殿。ここはイラ・パシスの神殿はあったけど、シュ・ヴェルの神殿はなかったんでね」

「ああ……。正しいほうを選んだな」

「なに？」

つぶやく言葉をうまく聞き取れずサッキは顔をちかづけた。それを制してセルキスは寝台から身体を起こした。

「いいや、なんでもない。ちゃんと思い出した。傷の手当てをするからって、ここの神官のよこしたまずい薬を飲んだんだ。眠くなる痛み止めがはいってたんだな。どれくらい寝てた？」

「二時間くらいかな。喉《のど》は渇《かわ》いてない？　お腹は？　あんたご飯も食べずに寝ちゃったろ」

セルキスはうなった。

「好きで食事しなかったわけじゃない。喉も渇いてる」

「はいはい、要するに腹ぺこってことか。なんかもらってくるよ」

サツキは軽《かろ》やかに部屋をでて行った。セルキスはふとサツキのいた場所を見て、そこに自分の上着がたたんで置いてあるのにきづいた。

右手だけ使ってなんとかひろげてみると、オオカミの牙《きば》で開いた左袖《ひだりそで》の穴に、裏から丁《てい》寧《ねい》にツギが当てられていた。

「なんだ、縫《ぬ》い物《もの》もできるんじゃないか」

すこしして部屋にもどってきたサツキにそう指摘すると、サツキは頬《ほお》を赤らめた。

「針で縫うのは布ばかりじゃないから、ひととおり教わったんだ。でも、きれいな刺繍《ししゅう》とかはできないよ」

「……ひょっとしてこの傷を縫った？」

「一ヶ所縫ったけど――」

自分の左腕にさっと視線を走らせるセルキスに、サツキは声をあげて笑った。

「ごめん、わたしじゃないよ、治療をした神官がやってくれた。この辺の村じゃ病犬《やまいいぬ》も出てないそうだし、消毒も念入りにしたから、病気にかかる心配もないってさ」

セルキスの腕にはきれいに包帯が巻かれている。血もにじんでいないので手当ては上手《うま》くいったのだろう。

と、サツキがいやに真面目《まじめ》な声で話しかけた。

「セルキス。すまなかった」

セルキスはきょとんと顔をあげた。

「なにがだ？」

「その傷だよ。ちゃんと守れなかった。父さんだったら、おまえを無傷で連れてきたはずなのに。不甲斐《ふがい》ない。すまなかった」

頭をさげるサツキにセルキスはあわてて首をふった。

「なにを言ってるんだ。きみのせいじゃない。自分の注意が足らなかった」

「だから、そういうものものもひっくるめて、わたしがもっと気を配るべきで……」

「サツキ、僕はきみに護衛してもらう契約を結んだわけじゃないぞ。僕の方がきみの母上に面倒をみますって言って出てきたんだ」

「それとこれとは別で、戦いに関しては――」

「失礼。はいらせてもらいますよ」

ふたりが言いあうところへ声がかけられ、盆を持った男が入ってきた。痩《や》せているがきびきびとした動きの老人で、カヌー・シュを具現《ぐげん》する黒い神官服を身に付けていた。

「神官さま、わざわざすみません、お持ちくださったんですか」

サツキはあわてて神官から盆を受けとりテーブルに置いた。盆には湯気のたつ椀《わん》がのせられていた。

「いいや、傷のようすを聞くためもありましたからな、ちょうどよかった。卵で閉じた雑《ぞう》炊《すい》ですよ。東のお方の口にはあわんかもしれませんが、腹を温めて身体にもいい」

「ありがとうございます。ヤエトの雑炊はよくいただきました。好物です」

冷めないうちにと勧められ、セルキスは遠慮《えんりょ》なく料理を口に運んだ。

そのまに神官はセルキスの傷をどのように治療したか、細かく教え、寝るときに飲むようにと痛み止めと化膿《かのう》止めの丸薬《がんやく》を置いていった。セルキスが食事を終えると、手に触れて指の痺《しび》れなどないかを確かめ、異変があったら夜中でも遠慮なく起こすように言った。

「なにからなにまで、ありがとうございます」

サツキとセルキスが頭を下げると神官はいやいやと首をふり、部屋をでるとき最後にこう言った。

「お若い方々、人の分の責任まで負おうとする者は、おのれの驕《おご》りにお気をつけなされ」

ぱたんと戸が閉まり、サツキは赤面した。

自分たちの言いあいを聞かれていたこともあるが、神官の言葉が自分にむけてだとわかったからだ。

セルキスも当然気づいたろうが、なにも言わずに待っていた。

「……ごめん、神官さまの言うとおりだ」

サツキがため息とともに言うと、セルキスは「そうだね」と返事した。

「僕としてはこの怪我《けが》が、侍《さむらい》試験を控えたサツキが負わなくて本当によかったと思ってる。……まだ自分を責めてる顔してるなあ。じゃあさ、こうしよう。僕たちは守る守られるじゃない対等な関係だ。それを分かり易くするために、きみはこれから僕のことを名前で呼ぶんだ。『あんた』とか『おまえ』は封印してもらうよ」

「わたし……そんなにあんたとかおまえとか呼んでるか」

「呼んでる。しかも名前で呼ぶよりかなり多いよ。ワザとかと思ってた」

「あぁ、ワザとじゃない、けど……」

サツキが「うーん」と眉根《まゆね》をよせて顔をしかめる。その横でセルキスが笑みを浮かべて楽しげに返答を待っていることには気づかなかった。

「わかった。これからはちゃんと名前を呼ぶ。それでいいね!?」

「もちろん」

にっこり笑うセルキスを、サツキはなぜだかひっぱたきたくなった。

その後ふたりは明日早朝に出発することを決め、早々《そうそう》に寝床《ねどこ》に入った。


翌朝、セルキスの傷の手当てをもう一度しなおし、薬と包帯を余分にもらってサツキたちは出発した。

神官は、身体が傷に対抗するため熱をだすかもしれないので、念のためにせめて半日出発を遅らせてはどうかと言ったが、セルキスはきっぱりと断った。サツキの侍《さむらい》試験まで、あまり猶予《ゆうよ》がなかったからだ。

サツキも何度か休むように進言したが、セルキスは頑《がん》として聞かなかった。そこでサツキも折れて出発をしたのだが、午後になって自分の判断を呪った。

セルキスは昼をすぎたころから熱を出し、どんどんぐあいを悪くして馬に乗るのも辛《つら》そうになったからだ。

休もうと言うサツキにセルキスは首をふった。

「それでなくとも遅れが出てる。半日、余裕を持ってでてきたが、間に合わないかもしれない」

サツキが殴《なぐ》ってでも馬から引きずりおろすぞと脅《おど》すと、ため息をついて言った。

「じゃあ僕を置いてさきに行け」

「はあ？　ばかかおまえ、なに言ってるんだ。病人を置いて行けるはずないだろ！」

「そう言うと思った。サツキは本当にヒロチカにそっくりだ」

セルキスはかすかに笑った。その目はサツキを通り越し、どこかはるかな遠くを見ているように思えた。

サツキは息をつめて右の拳《こぶし》をにぎった。また腕輪が反応したのだ。しかも今度はいままで以上の鋭い痛みをあたえてきた。

「いいかい、サツキ。僕はきみに侍になってもらわなきゃ困る。それには試験を受ける必要があって、前日までに申し込まなければならない。ぜったいに間に合うように都の——試験場である『御堂郭《みどうくるわ》』につかなきゃならない。サツキが僕を置いて行けないなら、僕は休まずすすむだけだ。他にできることはない」

「だったら、セルキス――」

「もし先に行っているから休んでろと言って、僕が追いつけるようなところで待っていたら、僕は決してきみを許さないよ、サツキ。そんなことするぐらいなら今すぐその腕輪を置いていけ」

　熱に浮かされ、潤《うる》んだ瞳でセルキスはきつくサツキをにらんだ。その左手がサツキの右手を探り、銀の腕輪の上に置かれた。サツキはセルキスの手の熱さに息を飲んだ。

「サツキ、僕は……こんな死なない程度の、ただ身体が辛《つら》いだけの熱で、おめおめと休息をとることを、自分に許すことはできない。こんなこと……なんでもないんだ。この何倍も辛いことが、いままでに何度もあった。侍《さむらい》になって腕輪の記憶を見れば、きみにもわかる。だからいまは前に進もう。行かせてくれ、サツキ」

　セルキスは肩で息をし、辛そうに言葉を切りながら、その精神だけは強くサツキに訴えた。

　辛いことが何度も、とは、いまのセルキスにとってなのだろうか。それともヴェルアンの記憶のなかでだろうか。

　多分後者だとサツキは思った。かれは見かけの何倍もの記憶、辛いこと楽しいことを心に持っているのだ。

サツキはかれを止めることは無理だと悟った。

「わかった。このまま進む。いよいよ馬に乗っていられないと思ったら、わたしに言え。落ちないように馬に身体をしばりつけてやる」

「それでこそ、侍の娘だ」

セルキスはふっと笑った。

こうしてふたりは休まず道を進んだ。

自分の言ったとおり、セルキスは歯を食いしばるようにして馬に乗りつづけた。サツキはセルキスのようすにできるかぎり気を配った。水を飲めと言ったり、糖蜜《とうみつ》の飴《あめ》を食べるよう言ったり、小休止の間に背中をさすってやったりした。

この日は日が暮れるまえに村に宿屋を求めた。

結局今日もセルキスの想定していた村より手前で泊まることになってしまったのだ。

そこには『生と豊穣《ほうじょう》と結婚を司《つかさど》る』イラ・パシスの神殿があったのだが、どの旅人にも門戸《もんこ》を開くこの神殿に、セルキスはなぜか泊まることを拒《こば》んだ。幸い都にもほど近いため旅人も多く、その客目当ての宿屋が数軒あった。サツキはその中からそれなりに見てくれの良さそうな宿を選び、泊まることにした。セルキスはほとんど寝ながら夕食を食べ、はうように寝台にもぐるとそのまま一言も発しないうちに眠ってしまった。

サツキはセルキスの分まで馬の手入れをし、馬具の調子を見て、この先の道についてを聞いた。宿には他にも泊まり客がいて、サツキとセルキスを駆け落ちで都でふたりで暮らすのかなどと冷やかした。サツキが正直に「侍《さむらい》試験を受けに行く」と言うと、酒を飲んでいたかれらはもっと大笑いした。

サツキは自分が侍の子であることを言って、かれらの鼻先に刀を突きつけてやろうかと思ったが、あとの騒動を考えるとバカバカしいのでやめた。

そしてふと、セルキスが宿を避けて神殿に泊まるようにしたのは、こんな面倒を避けるためもあったのかなと思った。

翌朝はコノギ村をでてから六日目だった。

セルキスの熱は大分ひいていた。身体は消耗《しょうもう》し、息も上がりがちだったが、セルキスはもちろん馬に乗った。

まだ青い顔をしていたが食事もほとんど平らげ、馬に乗ると余計なことはせず、マントの影の中で、ただ前を見つめていた。セルキスを乗せる馬は賢《かしこ》く、病《や》み上がりの主人を思ってか、なだらかな足運びをしていた。

昼ごはんの休憩《きゅうけい》のときサツキはふと天を仰《あお》ぎ、空高くを飛ぶ見慣れた青い輝きを見つけた。

「うえを飛んでるあの聖鳥《せいちょう》、病気とか怪我《けが》も治してくれればいいのにね」

「無茶を言うなあ。使いの鳥はそこまでしちゃくれないよ。けっこう薄情《はくじょう》なんだ」

「でもあの森ではオオカミから逃げる助けをしてくれたぞ？」

「あのときは僕の身に確実に危険が迫っていたからだろうね。逆に言えばいまは危険じゃないってことさ。期日までに都の御堂郭《みどうくるわ》につくなんてのは、あれには関係ないし」

セルキスはいやに淡々と言い、サツキはなぜかそこに小さな悲しみを感じた。

その夜はふたたびシュ・ヴェルの神殿に泊まることができた。サツキはよっぱらいや詮索《せんさく》好きの人間がいないことにほっと息をついた。

セルキスはずいぶん元気になっており、サツキはそのことでも安堵《あんど》した。今晩一晩眠ったらかなり元気になっているだろう。

明日は最後の旅の日だ。

つまり都に着く日だ。

距離は大分あるが、馬を上手《じょうず》にとばせば夕刻までにはたどり着けるとセルキスは言った。間に合わなければならない。明日は侍試験の申し込み最後の日だった。

その日眠る前にセルキスが聞いてきた。

「サツキはまだ都に行ったことはないんだったね」

「ああ。人の話を聞いてただけだよ」

「じゃあ、御堂郭《みどうくるわ》のことは、なにをしってる?」

「侍《さむらい》の試験をする場所だろ。都の東の端にある区画で、渦巻《うずま》きみたいな作りになってて、ものすごくにぎやかなところだって聞いた」

「それだけ？　もっと具体的なことは?」

サツキはかぶりをふった。

「他はしらない。……問題があるなら教えてよ」

「うーん……にぎやかな場所だ。にぎやかというよりうるさい。人がたくさんいてモノがあふれていてヤエトの食べ物もダール人の食べ物も南方諸島の食べ物もある。……ってきりがないな、これだけ言っておけばいいか。油断したら頭からバリバリ喰われる。そんな街だ」

「人食いでも住んでるっていうのか。そんな説明じゃちっともわからないぞ」

サツキが抗議するとセルキスはニヤニヤと笑った。

「なにごとも自分の目で確かめるべきだよ。ただ、ひとつだけ重要なことがある」

セルキスは、郭《くるわ》をおさめる商人『御堂ショウザ』という人物について語って聞かせた。

「御堂郭は大公のお膝元《ひざもと》、都のなかにあってもなお特別な自治領だ。そして御堂ショウザ──かれは郭の王だ。逆らえば二度と出入りはできず、もっと悪くすれば入ったきりでてこれない。たとえ死体であってもね」

「そんなに物騒《ぶっそう》で恐ろしい男に大公様は侍試験をする郭を任せてるのか？」

「いや……けっして恐ろしくはない。かれを見て物騒と思うものもいない。ただ——だからこそ恐ろしいんだ」

謎《なぞ》めいたセルキスの言葉はサツキの胸に印象深く残った。


この翌日、旅の七日目。

サツキとセルキスは昼ご飯をとる間《ま》も惜しんで馬を飛ばし、とうとう都に入り、侍試験の行われる御堂郭へとたどりついた。

第五章　御堂郭《みどうくるわ》

コダール大陸の西に伸びるバランジャ半島は、大昔海からやってきたヤエトの民が住む土地だった。

かれらが移り住み、半島のすみずみにまで広がったころ、大陸の広域をおさめるバランダール帝国から使者が来た。

「属領になれ」帝国の要求はそれだった。

当時のヤエトの民にはまだ戦《いくさ》をする力はなく、指導者たちは争いを避けるためにそれを承諾《しょうだく》した。このときのヤエトの長《おさ》の名を〝来留賀《きるが》〟といい、帝国はかれに便宜上《べんぎじょう》の爵位《しゃくい》をあたえてここを「来留賀家伯爵領《はくしゃくりょう》」と記した。

そののち長の名は「くるが」と発音する方がより正しいと判明したが、ヤエトとの交渉にたった使者は、帝国内の文書を訂正することは威厳《いげん》がそこなわれると考え、そのまま「キルガ」の名をとおさせた。

もちろんヤエトの民はいくばくかの反発を示したが、年月がたつうちにそれもおさまった。

そして時はたち、いまから百年ほど前。

バランダール帝国に南方諸島国が攻めいり、その戦いにおいてヤエトの侍《さむらい》はめざましい働きをした。傭兵《ようへい》や護衛として何人もが帝国の要人のもとへ赴《おもむ》き、忠実に職務をはたしたのだ。侍の強さと精神の両方に帝国の皇帝はひどく感銘《かんめい》を受け、南方諸島との戦に勝ったのち、ヤエトの長を大公にとりたて、バランジャ半島一帯を帝国の領地ではなくキルガ公国として認めたのだ。


――半島が大陸に繋《つな》がるちょうど根本にキルガ公国の都はある。

都は大まかにみっつの部位に分かれていた。西はおもに都の人々や有力貴族たちの住まいで大きなお屋敷がいくつもあった。行政を執《と》り行うのもこの地区でだった。真ん中のやや北よりの地区は、大公の城とそれを守る四将軍の拠点があった。そして東の地区は商人と職人たちの街であり、そのなかの一区画に侍試験を行う『御堂郭《みどうくるわ》』があった。

そしていま。

御堂郭のある建物の中で、サツキとセルキスが声を荒げていた。

「なんだって!?　もう試験が受けられない？」

「いったいどうして！」

侍《さむらい》試験の受付をする部屋の窓口で、サツキとセルキスはひょろりとした男に食ってかかっていた。部屋には四つの机があり、壁ぞいには十ほどの椅子《いす》も置かれているが、いまなかにいるのはサツキたちとこの男だけでけっこう広い空間はがらんとしている。

「どうしてと言われても、ほら、あの張り紙をみてごらんよ。書いてあるだろ」

男はたじたじとなって壁を指さした。そこにはたしかに張り紙があった。

『今年の侍試験は、すでに定員となったため、申し込みを締め切るものとする』

日付は今日で、発表時間は昼前になっていた。

「だから、それの意味がわからない。いままで定員なんてもうけたことはなかったはずだ」

セルキスがほそっこい男につめよる。男の方が上背《うわぜい》があるが、セルキスの睨《にら》む目の迫力にたじたじとなっている。

「ええと、そんなことといっても、今年はそう大公様からの命令で……。私に食ってかかられてもしりませんて」

「何日も旅をしてやっと来たのに。納得できないよ。定員なんて聞いてない。大変な思いをして来たのに……！」

「ここまで来てお気の毒だけど、どうしようもないんですって」

悔しそうに顔をゆがませるサッキに男はすこし同情的に言う。

セルキスはそれを見て、男の胸《むな》ぐらをつかんだまま耳に顔をよせた。

「定員でも、ここに人がいたってことは抜け道があるんじゃないのか？　参加費の三万ヤルに倍の手数料をだすと言ったら？」

男は目を丸くしてひゅっと息を吐いた。

「そりゃすごい。でもダメなんですよ。私がいるのは、説明のためと、締め切られた人に来年の試験の割引申込書を渡すためなんですから。お嬢さんは見たとこ試験を受けられるぎりぎりの十五歳だろ。来年だってちっとも遅くないよ」

「だめだ、遅いんだ。来年じゃあ」

「あのねぇ、今年はとにかく日程を繰りあげてて、第一試験を今日のうちにやっちゃうことになったんですよ。ここへ入ってくるとき、鐘の音がしたでしょう。あれが一次試験の午後の部の合図。もう始まってるんですよ試験自体が」

「ええっ……」

サッキは驚きのあまり足がよろけた。もうだめだという思いで身体が崩《くず》れそうになるのを、壁に手をあてて必死にこらえた。しかしセルキスのほうはまだあきらめていなかった。

「だったら――――こちらは特別の便宜枠《べんぎわく》を要求する」

「へっ？　便宜《べんぎ》……わく？」

「知らないのか。侍《さむらい》の子供のために設《もう》けられている特別の枠《わく》があるだろう。保証金を支払う制度のあれだ」

「……おたくじゃ話にならない。もっと上の者はいないのか」

　説明しても男はきょとんとしたままだったので、セルキスは舌打ちした。

「えっ。はっ、少々お待ち下さい。おっ、尾方《おがた》さん〜。いらして下さいよう〜」

　セルキスが突き放すと男はあたふたと部屋の奥に走り、上役の名を叫んだ。

　すると男が戸の前につくより早く、むこうからがたんと戸があけられた。

「おお、どうした。なにかまた難癖《なんくせ》つけるヤツが来たか？」

　でてきたのは戸に頭をぶつけそうなほど背の高い男だった。身体つきもがっしりと立派で、年はサツキの父ヒロチカより少し上だろう。そして腰には侍の証《あかし》である刀が二本差されていた。

「尾方さん。よかった。こっちのふたり連れがですねえ」

　受付の男は尾方と呼んだ侍のそばへより、なぜか手をあげてヒソヒソと耳打ちのように話した。長身の侍のほうも面白がるように身体をかたむけている。よく見ると目がすこしたれて愛嬌《あいきょう》のある顔だ。

「んん？　ふんふん。おー、なるほど」

話を聞き終わると、侍は受付の男に指さされていたサツキの前へやってきて、腰をかがめてジロジロと見た。

サツキは背筋をぴんと伸ばし、緊張した顔をあげていた。

「なるほど娘っ子にしちゃ、いい面構《つらがま》えだなあ。刀の差し方も堂にいってる」

「失礼。侍のお方。彼女に特別の便宜枠を用意してもらえますね」

セルキスが声をかけると侍はふりかえった。

「おまえさん、この子の付き添いかい？　ヤエトの民にダール人の付き添いたぁ珍しいな。だがいい参謀《さんぼう》だ。侍の子の特別枠を持ちだすなんざなあ。ながいこと埃《ほこり》かぶってた制度だぜ」

「それでどうなんでしょうか。その枠も締め切ってるんでしょうか」

サツキも硬い声で聞いた。セルキスの言う制度のことはしらなかったし、父親も言っていなかったが、どうやら存在はするらしい。ならば望みは繋《つな》がっている。それにかけたいと思った。

侍はフームとあごをさすった。

「便宜枠はもちろん空《あ》いてるし、二次試験まで一足飛《いっそくと》びにできるから、明日からの試験にもちろん間に合う」

サツキは「間に合う」という言葉にぱっと顔を輝かせた。それを打ち砕《くだ》かのように侍《さむらい》は言った。

「だがな、申し込むには三万ヤルの試験費の他に保証金がかかる。金はあるのか。三万の約七倍、二十万ヤルだ」

「にっ、二十万……」

あまりに高額な値段にサツキは絶句した。二十万あればかなり立派な侍の刀が一振り買えてしまうし、コノギ村でサツキたち家族が半年暮らせてしまう。

サツキの顔を見て侍は苦笑を浮かべた。

「まあ子供にそんな大金もたせる親はいねえよな。どうしても受けたいってなら、御堂の旦《だん》那《な》から借りる制度もあるが、お薦《すす》めはしねえ。侍になれればチャラだが、なれなかったらひでえ取り立てがされる。オレの忠告としちゃあ、ここは大人しく家へ――」

「払うよ」

侍の言葉を遮《さえぎ》ってセルキスが言った。

「二十万だろ、用意できる」

セルキスはベルトにつけた物入れに手をつっこむと、受付にいた男のところへ歩いていき、反対の手でかれの手をつかみもう一方の手を重ねた。

　セルキスの手が離れると、男は自分の手に残ったものを見てすっとんきょうな声をあげた。

「こ、こ、これ、十万帝国金貨じゃないですか！」

　金色に輝く二枚の丸い金貨はバランダール帝国の刻印を押された高額貨幣《かへい》だった。

「おお～？　ほんとだこりゃすげえ」

　侍も男の手をのぞき込んでひゅっと口笛を吹く。サツキも血相《けっそう》を変えた。

「セルキス。駄目だ、そんな大金」

　父親の四神《しじん》の神官を呼んだ葬式代をあっさり払えたことや、オオカミの嚙《か》み跡をつくろうために触った上着の仕立てがいやに上等だったことなどから、セルキスが相当裕福な家の出なのはわかっていた。しかし二十万ヤルはあまりに高すぎる。

「いいんだ。この金貨二枚でサツキが侍試験を受けられるっていうなら、金の使い道としてこれ以上にふさわしいことはないよ。保証金なんだから、サツキが侍になればかえってくる。そうなんでしょう？」

「ああ、もちろんだ」

　セルキスが顔を向けると侍は重々しくうなずいた。

「でも……」

なおも心配そうな顔をするサツキにセルキスはニコリと笑いかけた。

「心配いらない。僕の生家はけっこう金持ちなんだ。さあ、サツキは試験の費用を払っておいで。お母さんにもらってきたやつでね」

「う、うん……」

サツキが自分のふところをごそごそとさぐり、母親からもらった三万ヤルを入れた紙包みをとりだした。

「おい、この子の書類を作ってやれよ」

侍《さむらい》が受付の男に声をかける。

「は、はい。でもあのちょっと待ってください。何分《なにぶん》そんな手続きはじめてでして」

受付の男は最初に座っていて机にもどり、なにやら本をとりだすと忙しくページを繰りはじめた。セルキスは助け船をだした。

「受験資格者、第八条の四だよ。百年前から変わってなければ」

「はっ、はい。あ、あああ、ありました！　確かにありました。保証金二十万ヤルで侍の子供に特別の便宜枠《べんぎわく》をもうけるとあります。きみ、こっちにきて」

男はサツキを手招きすると机の前の椅子《いす》にすわらせた。

「この用紙に住まいと生まれ年と名前と……そう、そこです。それから両親の名を書いて。

侍なのはどちらです？」

するとと横で聞いていた侍がぴしゃりと自分の額《ひたい》をうった。

「いけねえ、オレとしたことが、嬢ちゃんの親の名前を聞いてない。侍だってほうの名と、どこの将軍に所属してるのか、教えてくんねえか」

「はい。侍は父です。名は籐桐《とうどう》ヒロチカ。所属は白虎《びゃっこ》将軍です」

サツキがはきはきと答えると、侍はまたあごをさすった。

「籐桐ヒロチカ……聞き覚えがあるぞ。籐桐……ヒロチカ！　おい、ちょいともっぺん顔を見せてみな」

侍は机に手をついて屈《かが》んでサツキの前に顔をだし、うんうんとうなずいた。

「ああ～たしかに口とあごに頑固《がんこ》そうな面影《おもかげ》がある。嬢ちゃんはあいつの娘かあ。そうか、ちゃんと身を固めたんだなあ」

「あの……父をしっているんですか？」

「ああ、しってるともさ。籐桐サツキか、いい名前だなあ。住まいはコノギ村……あそこに落ちついたのか。あのな、嬢ちゃんの住んでいるコノギ村のあたりにな、昔悪さする山賊《さんぞく》がでて、退治するために都から侍がふたり遣わされたんだよ。うちひとりがヒロチカ、あんたの父親で、もうひとりがオレ尾方ジュウゾウってわけだ」

「そんなまさか……あなたが、あの尾方様……。はい、しってます！　あなたのこと父から聞いたことがあります。ここでお会いできるとは思いませんでした」

「そりゃオレもだよ。そんなまさか、の偶然たぁすごいね。で、ヒロチカは元気かい。むっつり仏頂面《ぶっちょうづら》をいまもしてるのか？」

侍《さむらい》尾方ジュウゾウが懐かしそうに笑って聞く。かわりにサツキのほうから笑顔が消えた。

「残念ですが父は亡くなりました。十日前のことです。父に代わって神力刀《しんりきとう》をお返しするためと、父の最後の望みを叶《かな》え、侍になるために都へ来ました」

ジュウゾウも笑みを消し、「死因は」と尋ねた。サツキは「病死です」とこたえた。

「そうか……。ヒロチカが亡くなったか……」

ひとつため息をつくと、ジュウゾウはサツキの肩に手を置いた。

「よし、ヒロチカの望みをかなえよう。オレの名にかけて必ず試験を受けさせてやる」

そしてかれは言葉通りにした。

＊　＊

「うわあ……すごいなあ」

御堂郭《みどうくるわ》の町並みを改めてみまわしサツキは感嘆《かんたん》の声をあげた。

夕闇の郭《くるわ》のなかはそこかしこに提灯《ちょうちん》やランプの灯がともり、街全体を祭の日のよりも明るく飾りつけていた。

道の両側にはたくさんの店がならび、見せ台のうえにサツキがいままで見たこともないような品をところせましとならべていた。

またジュージューと肉を焼く音や食欲をそそる匂《にお》いもあちこちからただよってきて、それは屋台のちまき売りだったり、蕎麦屋《そばや》だったり、小料理屋の魚を焼く匂いだったりした。ダール人が好む香辛料《こうしんりょう》をたっぷりときかせた串刺《くしざ》しの羊肉と野菜を焼いて売る屋台もあり、そこには思いのほか人がたかっていた。

道には当然多くの人が行きかっていた。通りのひとつだけで、サツキの村の人間全部をあわせたぐらいいるようだ。

練り歩く人々はヤエトの民が圧倒的に多いが、セルキスのような淡い髪のダール人も結構見かけられ、ときおりは褐色《かっしょく》の肌の南方諸島の人間たちもいた。一次試験の午前の部にでていた受験者たちももう街に繰りだしていてあちこち珍しそうに見て歩いている。多種多様な人種に老若男女《ろうにゃくなんにょ》さまざまな年代の人間もまざり、郭のなかはかまどの火のよう熱く活気にあふれていた。

またなんといっても圧巻なのは腰に二本の刀をさした侍《さむらい》たちだった。かれらはこの期間、試験の判定や郭内の警護のため、ここに集まってくるのだ。

侍たちはそれぞれ金糸銀糸《きんしぎんし》を使い、はでな染めをほどこした袖無《そでな》し長袢纏《ながばんてん》を身につけていた。背中にはおのおの所属する部隊の神獣《しんじゅう》、白虎《びゃっこ》・青龍《せいりゅう》・玄武《げんぶ》がえがかれている。これら三つにくらべるとぐっと少ないのが朱雀《すざく》の紋様《もんよう》だ。それには理由がある。朱雀将軍の軍は、実はすべてが女性で構成されているのだ。彼女らの頂点にたつ朱雀将軍自体も代々女が務めている。

サツキが侍になった場合、かならずここへ組みこまれることになるので、街中《まちなか》で彼女たちを見かけるとより熱心にすがたを見つめた。一、二度、熱心に見つめすぎて相手にわかってしまい、視線をおくりかえされ、なぜだかクスリと微笑《ほほえ》まれて手をふられたりもした。サツキはあわてて頭をさげた。きっと自分が試験を受けにきたことが見抜かれたのだろうと思った。

さて御堂郭は渦巻《うずま》きのつくりでその道も独特で、大通りはすべて左へ曲がるようになっていた。入口から数えて五個目の角《かど》を曲がると広場があり、その向かい側が街の中心の高い楼閣《ろうかく》となる。侍試験はそのなかで行われていた。

サツキとセルキスはそこを目指して歩いていた。街中は侍や役人以外馬に乗ることを禁止されているので、それぞれ馬の手綱《たづな》を引いて徒歩での移動だった。

いまから十分ほど前、サツキはとうとう侍《さむらい》試験の参加票を懐《ふところ》におさめた。居合わせた侍ジュウゾウはほんとうに骨を折ってくれて、試験場にいる地位の高い係官を呼びにやり、かれがくるとサツキの事情を話し、問題なく明日からの試験に参加できるようとりはからってくれた。係員が、「侍の子だという証明」を求めたときも、自分が保証人だと胸をはったが、サツキはありがたく思いながらも持参した父ヒロチカの神力刀《しんりきとう》と長羽織《ながばおり》を見せて、太鼓判を押してもらった。受付の建物をあとにするとき、サツキはジュウゾウに深々と頭をさげた。

「いい人だったねジュウゾウさん。まさかあんなところで父さんの知り合いに会うとは思わなかったよ。もう試験がはじまってるって聞かされたときは、目の前が真っ暗になった。でも試験を受けられるようになって……これも神さまのご加護《かご》かな」

「戦《いくさ》の神アズ・フースはサツキみたいな侍をひいきするからね。でも僕はすべてヒロチカの導きだと思うな」

「うん。わたしもそう思う。ありがとうセルキス。お金もありがとう。ぜったいに試験に合格して返すからね」

「ああ、その心配はしていない」

郭《くるわ》の中心へむかいながら、サツキたちは侍試験が終わるまで逗留《とうりゅう》する宿をさがしていた。

ところが宿を探してまわりを見回していたサツキはだんだんと不安になってきた。

宿屋の看板をだしている店は、必ずといっていいほど『満員』の札《ふだ》がかかげられていたのだ。ふたつ目の角《かど》を曲がった辺りでサツキは連れに話しかけた。

「セルキス、このあたりの宿も一杯だ。奥へ行くより、一旦郭の外にでてさがしたほうが早いんじゃないか？」

「いいや、心配ないよ。このあたりの宿が一杯になるのは安いからなんだ。もっと奥に行けば、建物も立派で馬の世話をしてくれるちゃんとした宿が残ってる」

「でも、そういう宿は高いんじゃないのか？　母さんからもらったお金を無駄遣いしたくないし、セルキスに払ってもらうのはもっと嫌なんだけど」

セルキスは驚いて足を止めた。

「僕に支払われるのが嫌だって、どうして？」

サツキはやっぱりそのつもりだったのかとため息をついた。

「セルキス、父さんの葬式を立派なものにしてくれたことや、さっきの保証金をだしてくれたことにはとても感謝してる。でもな、この試験はわたしのものだ。助けてくれるのは嬉《うれ》しいけど、余分なものはいらないんだ。セルキスの言う立派な宿に泊まっても、分不相応で窮屈《きゅうくつ》に感じるだけだと思う。このあたりの宿屋は入口近くほど悪い見てくれじゃない。宿《やど》賃《ちん》だって母さんがわたしにくれた中から充分払える。馬は入口の預かり所に置けばいいし、どうしてもこのあたりの宿がいっぱいなら、相部屋だってかまいやしない」

「なに言ってるんだ。相部屋なんてあり得ない！　サツキは試験を受けるんだぞ。それもひとつ飛ばしで。それがどういうことかわかってないんだろう」

セルキスは声がまわりにもれないよう、サツキの正面まで近づいてはげしく言った。

「いいか、試験に来る連中は必死なんだ。ひとりでも多くの受験者を蹴落《けお》とそうとしてる。そんな受験者と相部屋になったら嫌がらせをうけるにきまってる。まして便宜枠《べんぎわく》のことがわかったら、目《め》の仇《かたき》にされるぞ」

「セルキス、それはおかしい。そんなあさましい真似《まね》をする者が、侍《さむらい》になろうとするはずがない」

「サツキ、言いたくないけど、きみは世間しらずだ。ここは大人しく僕の選んだ宿に泊まってくれ」

サツキはムッと息を吸い、文句をあびせかけようとした。そこへぬっと横から顔があらわれた。

「宿を探してるんなら、オレがおすすめのとこ紹介してやるぜ」

ふたりの横にいたのは尾方ジュウゾウだった。

驚くサツキとセルキスの肩をジュウゾウは気易く叩き、先へとうながした。

「やれやれ、まにあった追いついた。あのな、三つめの角《かど》を曲がったすぐにな、馴染《なじ》みの信頼おけるいい宿があるんだよ。そこならまだ部屋は空《あ》いてるだろうし、オレの口利《くちき》きなら割引してもらえる」

ジュウゾウはひとりベラベラと喋《しゃべ》りながら郭《くるわ》の奥へふたりを連れていく。

するとときおりすれ違う侍たちのうち、何人かがジュウゾウに手をふったり、軽く頭を下げたりした。サツキはかれらの長袢纏《ながばんてん》にすべて亀と蛇の絡《から》みあった図——玄武《げんぶ》が描かれていることに気づいた。

「ジュウゾウさんは玄武将軍の配下なんですか」

「おお、そうだとも。めざといな」

「長袢纏、着ていないのはなぜなんです?」

サツキがきくと、ジュウゾウはからからと笑った。昨晩、酒を飲んで暴れる受験者たちを店からつまみだしついでに、四、五人まとめて投げ飛ばしていたら脇をほつれさせてしまったという。

「でな、つくろってもらっている最中なんだよ、これからいく宿の女将《おかみ》にな」

ジュウゾウが意味ありげに片目をつぶって見せた。

そんなこんなでなかば強引に連れてこられた宿屋は『寒桜《かんざくら》』といい、たしかにまだ満員の札《ふだ》はでていなかったが、いままで見てきた宿屋のどこよりも立派な店がまえだった。

「どうだ、ここなら文句ないだろう、付き人さんや」

ジュウゾウが言うとセルキスは「たしかに」とうなずいた。サツキのほうは文句があった。しかし口を開くより早くジュウゾウが話しかけた。

「割引もできるって言ったろう。夕飯ぬきにしてもらえばもっと安くなる。安心しな、ここに決めてくれりゃ、夕飯はオレが安くて美味《うま》いところにつれてってやる。なあ嬢ちゃんや、ヒロチカとオレは一緒に戦った戦友だ。その娘のために宿に口利《くちき》いたり、飯おごったりするのは、オレの気持ちだ。ヒロチカが生きていたらきっとオレにこう言ったはずだ。娘をよろしくってな。嬢ちゃんはきっとヒロチカに厳しく育てられたろうけど、親が子を思う気持ちってのはとめられない。しらない土地で心細くならないようにって、オレにかならず頼んだはずだ。で、よろしくされたオレとしては、はりきって色々世話を焼く。な、ちっとも余計な助けじゃないだろう?」

サツキは息を飲んだ。やはり先ほどの話を聞かれていたのだ。しかも、そんなに近くに来られたというのに、ジュウゾウが話しかけるまで気配も感じなかった。

侍《さむらい》はすごいと思った。

サツキに語りかけた言葉も——すごいと思った。目頭《めがしら》が熱くなった。

「よし、決まりだな。さあさあ行こうぜ」

ジュウゾウはサツキがまだ返事もせぬうちに手を引いてさっさと店の中へはいった。

宿屋の女将《おかみ》はあだっぽい年増《としま》の女で名をホノカといった。ジュウゾウの話を聞くと「お任せください」と男の腕をぽんとたたき、サツキとセルキスを部屋へ案内した。

そこは二階の庭に面した部屋で、階段にも近く、なにかあったらすぐにおりてこられる位置にあった。そのかわり人の行き来でうるさいだろうからと宿賃《やどちん》はかなりの値引きを申しだされた。この宿の格式からいえば半値《はんね》以下の値段だったろう。

サツキは辞退をしようと思ったが、「どうだい」と聞く女将のうしろでジュウゾウが「うんと言え」と手で合図しているのと、セルキスがサツキの耳もとで、「断ると悲しむよ」とつぶやくので、とうとうおれてうけることにした。

「ありがたくおうけします。試験が終わるまでお世話になります」

頭を下げるサツキの向こうでジュウゾウが満足そうにうなずいた。

＊
＊

御堂郭《みどうくるわ》の夜はよそ者にはすさまじいまでににぎやかだった。

日はとっぷりと暮れていたが、街の中は閑散《かんさん》とするどころかいよいよ活気づいてきていた。特に侍《さむらい》試験の一次が終わり、合否《ごうひ》の発表もすでにされたとあって、うかった者は祝い酒を、落ちたものは悔しさに杯《さかずき》をあおり、道には酔っぱらった連中が肩を組み、奇声をあげて街をねり歩いていた。そしてあまりに素行《そこう》が酷《ひど》いものは街を警邏《けいら》している侍たちにあっさりととらえられてしまう。夕方見たたくさんの侍たちは主にこのために来ているのだ。

サツキたちはジュウゾウにひっぱられるまま喧噪《けんそう》の中をぐんぐん歩き、ひとつめとふたつめの曲がり角《かど》の真ん中あたりにあるメシ屋につれていかれた。

ここをジュウゾウは美味《うま》くて安いと評した。たしかに壁にはりだされた値段表を見ても安かったし、テーブルに運ばれてきた料理も一口食べてすぐおいしいと思った。ただジュウゾウが言わなかったことがひとつ。店の客たちは大変ガラが悪かった。

サツキたちのテーブルは入口付近の半二階の場所で、店全体の騒ぎから離れていたが、暗い店の奥では殴《なぐ》り合いの喧嘩《けんか》も起きているようだった。

「とめないんですか？」

　サツキが聞くとジュウゾウは奥をちょっとのぞいて、頭《かぶり》をふった。曰《いわ》く、「ありゃ挨拶《あいさつ》さ」だった。

　またサツキが驚いたことに（なにもかも色々と驚きっぱなしだったが）御堂郭の人々は、侍試験の結果を賭《か》けごとにして楽しんでいた。店のあちこちから、去年はだれそれに賭けていくらもうけた、その前はだれそれで損をしたなどの会話が聞こえてきたのだ。

「すまねえな、ここの連中の年に一度の楽しみなんだよ。そのかわりに試験で郭にきたやつらが多少の粗相《そそう》をしようと街の連中は笑って許してくれる。弁償《べんしょう》しろなんてけちくさいことは言わない。それに勝ち残った候補者には贔屓《ひいき》がついて熱心に応援もしてくれるしな」

　ジュウゾウが言った。かれによると〝候補者賭け〟がはじまるのは毎年二次試験が終わってかららしい。今日おこなわれてサツキがうけそこなった一次試験は筆記のみで、これで二百名あまりの受験者が七割にまで絞《しぼ》られるという。

「ほらな、一応あんまり馬鹿でも品性がなくても困るからな。遊び半分の軽い気持ちや箔《はく》つけできたやつも、この試験でけっこう見分けがつくんで、すっぱりはじく。そんなのの剣術はものになったためしがない」

　ジュウゾウは渋い顔で言った。昔なにか嫌なことでもあったのだろう。

食事が進むにつれジュウゾウは酒の杯《さかずき》をどんどんあけはじめ、最後には半分酔っぱらいながらサツキたちに昔話をはじめていた。

「オレがヒロチカと会ったのはなあ、あいつが二十二んときだ。村の連中もやつを見て、まだ若造じゃないかって皆不安そうだったよ。けど最初の戦いで軽く十人以上の山賊《さんぞく》を斬《き》り伏せてな、皆仰天《ぎょうてん》した。ありゃあすさまじい強さだった。でもなあ、オレにはどうしても、死にたがってる鬼みたいな顔に見えてなあ……。一日目の夜に話したんだよ。『死にたがってる侍《さむらい》なんぞ、相棒としてあてにならない。邪魔だ。郭《くるわ》に戻れ。代わりをよこしてもらう』ってなあ」

そうしたらヒロチカは答えたという。

「死にたがってなんかいない。ただ、価値《かち》のあるものにしなくちゃいけない。オレの命はある人の犠牲のうえにあるんだ」

目には暗い炎が宿り、ジュウゾウはすぐさま悟った。

「おまえ、後追いしたいのか」

ヒロチカは無言だった。

ジュウゾウはやれやれとため息をついた。

「これがおわったら、おまえいったん国に帰れや」

「侍の資格剝奪《はくだつ》を申請《しんせい》するのか」

「しねえよ。休めって言ってんだ。国にはだれもいない口か？　だったら嫁さんでももらえ」

「国に両親も許婚《いいなずけ》もいる……」

「ほー、それはいいこった」

「親同士が昔決めた」

「……あ、こらテメエ、なんだその不服そうな言いかたは。嫌いなのか。よっぽどしこめか。性格悪いのか」

「嫌いじゃない。優しくてかわいい幼なじみだ」

「上等じゃねえか。んん？　…………って何年会ってねえ」

「…………。蹴《け》るな」

「黙るってことはやましいんだろ。会いに行け。で、添《そ》い遂《と》げねえなら、ちゃんと解放してやれ。おまえむごいことしてるって自覚あんのかよ。きちんと婚約解消して恨《うら》まれてこいや」

ジュウゾウはそう言ってヒロチカの肩を叩いたのだという。

サツキがその許婚は母親だと言うと、ジュウゾウはますます感極《かんきわ》まったようすになった。

「そうかあ、あの仏頂面《ぶっちょうづら》もちゃーんと許婚のもとへ行って、幸せになったんだなあ。よかったなあ……。ほんとうれしいぜ。いけねえな、年取るとどうも涙もろくてな……」

そう言ってジュウゾウは目元を押さえた。本当に泣いているのか、ただ大げさに楽しみたいだけなのか……それともヒロチカの死を悼《いた》んでいるのか。サツキにはそのどれにも思えた。


食事が終わるとジュウゾウはサツキを宿まで送り、女将《おかみ》につくろってもらった長袢纏《ながばんてん》を肩にかけて着せてもらい——かれの玄武《げんぶ》の模様は山吹《やまぶき》の布地に篠《しの》つく雨が銀糸《ぎんし》で刺繍《ししゅう》され、左上に蛇、右下に亀の絵が背中いっぱいに描かれた豪快なものだった——夜の街の見回りに出ていった。セルキスは食事の途中から口数が少なくなっていたが、サツキと一緒に宿にはもどらず、古馴染《ふるなじ》みに会ってくるとふたたび街のなかへ消えた。

サツキはそんなの聞いてないぞと追いかけようとしたがやめ、大人しく宿にもどった。

渡された明日の日程表に目をとおし、明日からの刀の試合による試験にそなえて持ち物の準備をし、それが終わると母親へ書く手紙の下書きをはじめた。

周囲の部屋からは、うかれ騒ぐ声とヤケになって愚痴《ぐち》を言う声が聞こえる。サツキたちの他にも試験の泊まり客がいたのだろう。大きな声で騒いではいるが、宿屋の中で深刻になるほど暴れる者はいないという。もしも外を警邏《けいら》している侍《さむらい》を呼ぶほどの暴れかたをした場合には、台帳に名をひかえられ、今年どころか来年の試験にもなにがしかの注意書がつくからだ。

サツキは騒ぎを聞きながら、かれらがすこしうらやましくなった。一次試験を一緒にうけて、結果について同じように騒いでみたかった。

やがてやるべきことをすべて終えると夜も大分更《ふ》けたことに気づいた。それでもセルキスはもどってこなかった。

「あいつ……すぐ帰るって言ってたのに、どこほっつき歩いてるんだ」

サツキはぶつぶつとつぶやき、迷ったがセルキスを捜すことにした。明日のために早寝したほうがいいのはわかっているが、このままでは気にかかって眠るどころではない。

街のなかはさすがに人通りが減っていた。店じまいをするところもあり、提灯《ちょうちん》の数も減って、道のはしには夜本来の暗さがもどっていた。

サツキは刀の差し方をいま一度確かめてセルキスがむかった方向へ歩きだした。かれは宿屋を通りすぎ、郭《くるわ》のもっと奥、楼閣《ろうかく》のほうへむかったのだ。捜すあてはこれといってないが、まだ開いている店をのぞいて、セルキスの外見を言えばそこにいるかいないかくらいはわかる。そのうちセルキスを見かけた者にあたるかもしれない。

そんな場当たり的な捜索をはじめて、上品な小料理屋などを十軒ほどまわったあと。

サツキが言ったような風体《ふうてい》の若い男を見かけたという女に行き当たった。

「どこで見たんですか？　おしえてください」

「大通りをあっちへフラフラ歩いていってたねえ。そこの路地《ろじ》をまがってさ。酔っぱらってるのか具合が悪そうだったからね。早くいってあげるといいよ」

南方諸島人特有の褐色《かっしょく》の肌をした若い女は、サツキのために通りまででてくれて、セルキスを見たという路地への行き方を教えてくれた。

サツキは礼を言ってすぐに走りだした。

「……セルキス、いるの？　いたら返事してよ」

大通りから路地にはいるととたんにあたりが暗くなった。サツキは名前を呼びながら奥へとすすんだ。

と、道の奥の方にだれかがしゃがんでいるのが見えた。頭からマントをすっぽりとかぶっている。

「セルキス!?」

サツキは走りよったがすぐに別人だと気づいた。身体つきが違う。セルキスより年長の男だ。だが別人でもひょっとしたら具合を悪くしているのではと声をかけてちかよった。

「だいじょうぶですか？」

もう一歩で前に回りこめる距離まで来たとき、マントから手が伸び、白い光が伸び、サッキの足をなぎ払った。

　とっさにサツキはうしろにとびのいていた。着地してすぐさま腰を低くかまえ、刀に左手をかける。鯉口《こいぐち》を切るがまだ抜刀《ばっとう》はしない。

「なにをする。介抱《かいほう》するふりして財布でも狙うと思ったか？」

　マントの男が立ちあがった。その手には白く光る刃《やいば》が握られている。

「そうじゃねぇよ。こっちが狙ったんだよ、あんたをさ！」

　マントを脱ぎすて、男が腰に刀をためて走ってくる。

　サツキはすぐさま刀を抜き、男の刀を身をひねってよけ、クルリとふりむきざまに刀の峰で男の肩を打った。

　男はワッと叫んで路地の奥へつんのめる。打たれた左手から刀から離れる。

「金が目的ならお門違《かどちが》いだぞ。さっさと失《う》せろ」

　サツキの声にはうしろから返事がきた。

「うそついちゃいけねえ。あんたが大金持ってることはわかってるんだよ。侍《さむらい》試験に潜《もぐ》りこむために、役人に袖《そで》の下《した》を二十万ヤルも渡したっていうじゃねえか。ズルはいけねえな」

「そうそう、おじさんたちが世のなかの厳しさ教えてやんねえとな」

　路地の入口に立ちふさがるようにして男がふたりたっていた。路地の奥にはさっき峰打ちした男がひとり。挟《はさ》みうちの陣形だ。

「さあ、有り金を置いてとっととおうちにかえんな」

「そんな刀振り回しても、人を斬《き》ったことなんかねえんだろ？」

サッキを年端《としは》もいかぬ少女だと思って高《たか》をくくり男たちは笑って刀を抜いた。

だが――実はサツキには経験があった。

稽古《けいこ》の最中、父親の右腕を斬ったことがあったのだ。のちにそれは父親がワザと斬らせたのだとわかった。人を斬ることの怖さと覚悟を教えるためにだ。傷は幅はあったが父親が上手《うま》く腕をひいたために浅く、何針か縫《ぬ》って一月《ひとつき》包帯をしていれば治った。

以来サツキはむやみに刀をふりまわさなくなったが、必要なときはためらわなかった。森の中で襲ってきたオオカミたちを斬ったときのように。

入口の男たちはすでに抜刀《ばっとう》している。

サツキは左右を見て一瞬で判断をくだした。

だっと路地《ろじ》の奥に走ると峰打ちした男目がけて刀を振った。左肩を打たれていた男はろくな反応ができないままサツキの刀を足に受けた。ギャッと叫んで地面に転がる。

「てめえ……！」

あとから来た男たちが同時にサツキ目がけて走る。刀を上段にかまえている。

サツキは相手の呼吸を読み、上からふりかぶるのにあわせてふところに飛びこみ、自分の肘《ひじ》で脇腹を強打した。男は変な声を出してその場に倒れた。

さっとふり向き、サツキは残るひとりに対峙《たいじ》した。三人目の男は多少マシなかまえをしたが、サツキは待ってやらなかった。

すくさま中段からななめにふりはらい、ひとりめ同様足のスネを斬った。サツキの早業《はやわざ》に男は半信半疑で自分の足を見おろした。斬りあとからどっと血があふれてくると、そいつも刀を捨てて「いてえいてえ」とわめきながら足を抱えた。

サツキは刀をひとふりして血を払い、懐紙《かいし》で刀を挟みながらしずかに鞘《さや》に収めた。

注意して浅く斬ったのだが、血は派手にでている。男たちの命に別状はないのだが、騒ぎたてるさまがこっけいだった。

「あんたたち、だれからその話聞いたんだ」

サツキが聞くと男たちはしらねえよ、噂《うわさ》になってんだよと叫んだ。サツキはなおも問いただそうと身体をかがめたとき。

ヒュン――。

音を立てて矢が飛来《ひらい》し、とびのいたサツキの足元にささった。

同時に矢に結ばれていた袋が弾《はじ》け、まわりに白い煙をまく。

　サツキは袖《そで》で口元をおおい、矢に狙われないよう路地《ろじ》の壁にはりついた。そこから大通りの屋根のうえをさがし射手《いて》を捜したが見つけることはできなかった。

と、白い煙のむこうでがちゃがちゃと音がしたと思うと三人の男たちが走り去る音がした。

「あ、こら、待て――」

　サツキは追いかけたが、すでに男たちは路地の暗闇へと姿を消していた。サツキは顔をしかめ、路地に残された唯一《ゆいいつ》の手がかり、矢と小袋を拾いあげた。

＊＊

「で、その証拠の弓と袋を正直に警邏《けいら》中の侍《さむらい》に預けてきたのか」

「しょうがないだろ。大通りにでたら、いま叫び声がしたぞって侍が駆けつけてきたんだからさ。全部説明して渡すしかないじゃないか」

　サツキは口をとがらせてセルキスに言う。

　ふたりはこうして座って落ちついて会話する前に、互いに文句を言い合っていた。

　前述のとおりサツキは警邏の侍に自分が襲われたことを話したために、細かいところまで状況を聞かれ、かなりの時間をとられた。終わったのは真夜中に近い頃で、さすがに宿まで

送ってもらったのだが、宿の戸をくぐったとたん、セルキスに、

「どこへ行ってたんだ、こんな遅くまで！」

頭ごなしに怒鳴られ、サツキもかちんときて、

「それはこっちの台詞《せりふ》だ、馬鹿。心配をかけさせるな」

と怒鳴り返したため、しばらく歯に衣《きぬ》着せぬ応酬《おうしゅう》が続いていたのだ。

それをまあまあと取りなしたのがサツキを送ってきた侍と、宿屋の女将《おかみ》ホノカだった。

お互いしぶしぶ休戦をし、宿の部屋へ戻ったところでいま一度サツキが詳しく話し、セルキスの質問となったのだ。

「どんな矢だった？　長さや鏃《やじり》で多くのことがわかる」

「鏃はよく見る柳葉《やなぎば》の形だったよ。長さはわたしの手の先からあごのしたよりちょっと長かった。あと目についたのは全体が黒く塗られていたことかな。削《けず》った木の色そのままじゃなく、わざと塗ってあるんだと思った」

「黒い矢、か……。それを見た侍たちは心当たりをなにか言ってたか？」

サツキは首をふった。

「矢のことも三人組のことも調べてくれるとは言ってた」

「まだなにもわからずか……」

セルキスはうなって難しい顔をした。が、ふと気づいてサツキにむかって謝《あやま》った。

「はじめに怒鳴って悪かった。心配してたんだ」

「うん。わかる。こっちも、悪かったよ」

「じゃあ、明日の試験にそなえてもう寝たほうがいいんじゃないか？　寝不足で試合に行きたくないだろ」

「もちろん」

だが、部屋の灯《あか》りを消して寝台の布団《ふとん》にもぐったものの、サツキはなかなか寝付けなかった。男たちに襲われたからではない、明日の試験のことを思って気持ちが昂《たか》ぶったのだ。

なんどか寝返りをうっていると、奥の寝台でセルキスが起きる気配がした。しまった、起こしたのかな、それとも早く寝ろと小言《こごと》を言うつもりだろうかと思ったが、枕もとに来たセルキスはふわりとよい香りを運んできた。

「これを枕もとに置いてごらん。ゆっくり眠れるよ。……おやすみサツキ」

やさしい花の香りはどこかで嗅《か》いだことがあった。サツキは胸いっぱいにそれを吸いこみ、だんだんと心を鎮《しず》めていき、やがて眠りにおちた。

眠りにおちる前、これはあの時の匂《にお》い袋《ぶくろ》と同じだと気づいた。

父親の葬儀《そうぎ》が終わった夜、枕もとに置いてあったやさしい匂い。

あれをくれたのはタスケの嫁ではなくセルキスだったのだ。

（お礼を言おう。……あとで……明日……）

サツキは夢も見ずにぐっすりと眠った。

夜が明けると、いよいよサツキの侍《さむらい》試験がはじまった。

第六章　侍《さむらい》の道

サツキはまわりの喧噪《けんそう》を意識から閉め出した。

心にあるのは目の前の試合相手、ただひとりのみだ。

と、相手の剣先がぶれた。踏みこんでくる——。

サツキの身体は無意識のうちに動いた。

カンと鋭い音が響き、天井にむかって刀がとんだ。

「勝負あり。そこまで！」

脇で判定していた侍《さむらい》が手をあげ、サツキの勝利をしめした。

サツキの耳にふたたびざわめきがもどってきた。まわりを囲む観客たちの声と、試合をしている他のふた組の受験者の掛け声などだ。

サツキは胸から深く息を吐くと相手の喉元《のどもと》につきつけていた刀を鞘《さや》におさめ、刀を飛ばされた空《から》の手をぽかんと見る対戦者に一礼し、試合場からたちさった。

これがサツキの第一試合だった。

第一次の筆記試験を乗りこえた受験者たちは、この日、御堂郭《みどうくるわ》の中心にたつ楼閣《ろうかく》前の広場に集まっていた。

受験生はヤエトの民がほとんどだったが、ダール人や南方諸島人もちらほらと混じっていた。年齢も幅広く、サツキのように十五歳になったばかりの少年や、六十を過ぎた白髪《はくはつ》の老人もいた。試験に年齢下限はあるが上限はない。ただし受験できる回数だけは決まっており、それは生涯に五回のみだ。一度で受かるもの、二度目で受かるものが大半だが、中には十年ごとに節目《ふしめ》のように受けに来て、なんと本当に五度目で合格をしたものもいるという。

時間になると楼閣の鐘がならされ、正面の扉が開いて受験者たちを中へ入れた。先導する説明係はサツキたちをそのまま楼閣の大広間へ連れていった。そこはバランダール帝国の闘技場という建物を真似《まね》して作られており、中央に広い床があり、まわりを階段状にだんだん高くなる観客席が囲んでいた。

床の上には三つの白線が引かれており、係員はそこがサツキたちの試合する空間だと教えた。はみだしても失格ではないが、となりでも試合をしているのでなるべく自重《じちょう》してほしいとつけくわえられた。

その後受験者たちは控え室にいれられ、ようやく今日の対戦相手を知らされる。もっとも名がわかっても百名以上いるなかではだれがだれやらわからないのだが。

それでもまわりでヒソヒソと交わされる言葉のなかに、受験者の中でもひときわ小柄《こがら》で年若いサツキならば楽に勝てる、対戦者は幸運だなと言われているのがわかった。

サツキはそれらの言葉をきれいに無視することができた。自分が小柄で若いのは真実だ。気にしていても仕方がないのだ。

試合は午前の部と午後の部に分かれており、順番の遅いものは楼閣《ろうかく》の外へでることも許されていた。しかし客席で他者の試合を見ることもできるので、大半がそちらを選んだ。

客席には試合開始のすこしまえから人がはいっていた。御堂郭《みどうくるわ》の中だけでなく都からも、はたまた受験者の家族たちも応援に駆けつけており、席の半分が埋まっていた。これが候補者のしぼられた明日明後日《あさって》の試合になると、ほとんどが埋まるという。侍《さむらい》試験は人々の娯《ご》楽《らく》のひとつでもあった。セルキスももちろんここからサツキの応援をすると言っていた。

サツキは午前中の後半に試合の順番がきた。対戦相手は二十歳《はたち》そこそこの若者で、試験には初回の挑戦らしく緊張と興奮に震えていた。

はじめる前に脇にたった判定員——侍——が言った。

「殺しあいではない。致命傷を与えず、相手にまいったと言わせるか、気絶をさせるか、私に勝負ありの言葉を言わせればよい」

互いに距離を取ってかまえ、試合がはじまった。

そして、大方の予想を裏切り、サツキはあっさり一戦目を勝った。

観客たちはサツキたちの試合よりもっと見所のあるほうへ目をむけていたため、気がつくと小柄な少女が勝ちを宣言されてすたすたと去っていく姿しか見られなかった。だが、たまたま見ていた観客たちにより試合内容が口伝えで広まると、サツキの名は多くの人々の心に残ることになった。

この日は七十余組の試合が行われた。

負けたほうは再挑戦を胸に誓《ちか》って郭《くるわ》を去り、勝ち残ったほうは郭の人々の行う賭《か》けごと表に名前を載せられた。

翌日楼閣《ろうかく》の下に集まったのは七十名をきっていた。

勝負が引き分けになり両者とも失格になったものもいたのだ。反対に甲乙《こうおつ》付けがたしと両者合格になる者もいた。単純に勝ち負けではないのが侍試験の面白いところだった。

今日は大広間へは行かずサツキたちはすぐに控え室へ連れて行かれた。昨日最初に試合場を見せてくれたのは、あの場の空気に飲まれないよう配慮《はいりょ》してくれたためらしかった。

サツキは控え室のすみの椅子《いす》にすわり、落ちついてまわりを見ていた。昨日の試合に勝った者たちは思い思いにくつろいでいたが、見てみるとやはり精悍《せいかん》な顔つきをしていた。それなりに剣の修行を積んできた結果なのだろう。

「こんにちは。隣にいいかしらね」

サツキに二十歳《はたち》ぐらいのきれいな女性が話しかけてきた。サツキのほかに残ってる数少ない女の侍《さむらい》候補者だ。今日からはサツキたちは受験者ではなく侍候補者と呼ばれるのだ。

「こんにちは。どうぞ」

「ありがとう。あなたの昨日の試合見たわ。電光石火《でんこうせっか》よね。相手の男、すごいマヌケ面《づら》でぽかーんと口開けちゃって馬鹿みたいだった。ああいうのは早く自分の力量に気づいて、他の仕事につけばいいのにね」

歯に衣《きぬ》着せぬ物言いに、サツキはびっくりするとともにちょっと笑ってしまった。

「私ユキナ。あなたの名前はしってる。サツキでしょ。でね、ちょっとふしぎに思っていることがあって。女の受験者は今年二十名いたんだけど、あなた一次試験の時いなかったわよね。私全員の顔おぼえてるから間違いないわよ」

ユキナの言葉に、近くにいた候補者たちの視線も集まった。

サツキは一瞬おいてからうなずいた。

「侍の子にもうけられた特別の便宜枠《べんぎわく》を使って、一次の筆記試験をとばしたんです」

「へえー、そんなことできるの。便利ねえ。あの筆記試験、途中で眠くなっちゃったもの。あなた受けなくてよかったわよ」

ユキナはあっけらかんと言ったが、まわりで聞いていた者のなかには嫌な目つきでサッキをにらむものもいた。

やがて今日の最初の試合がはじまるとサツキはようすを見に観客席へ向かった。その後を追ってくる者がいた。

「籐桐《とうどう》サツキ。待てよ」

ふりかえると候補者のひとりがいた。こちらも二十歳《はたち》をでたかどうかの年頃で、ヤエトとダール人の血の混じった顔立ちをしていた。

「昨日、街にそんなうわさが流れてたが、本当だったんだな。一体どういうつもりだ、一次試験をすっとばすなんて。そんなズルが許されると思ってんのか？」

「ズルじゃない。試験の規定でも認められている」

「ああそうかい。侍の子はいいよなあ堂々と横入りできてよ。そういうのえこひいきって言うんだぜ。恥ずかしくないのかよ。一次試験で落ちたやつのなかには、おまえより強いヤツもいたかもしれないんだぜ？」

「だったらまた来年受けに来て、侍になるんじゃないのか？　話がそれだけならもう行く」

「あ、こら待てよ。恥をしれよ。ド素人《しろうと》に一度勝ったからっていい気になんじゃねえぞ！」

うしろから声がかぶさったが、サツキは無視して観客席へとむかった。相手はそこまでは追いかけてこなかった。観客席と候補者が観覧できる席は間に仕切があって直接話などできないようになっている。しかし姿は見える。サツキはそこへ行った途端、セルキスに名前を呼ばれた。見ると二区画ほど離れたところで嬉《うれ》しそうに手を振っていた。サツキも手を振りかえし、他の試合を見るために椅子《いす》にすわった。だが、心は千々《ちぢ》に乱れていた。

自分がズルをしたわけではないのはわかっている。だが……恥をしれと言われたとき、なにも感じないわけにはいかなかった。

やがてサツキの試合の順番が近づき、サツキは候補者の控え室にもどった。名を呼ばれて試合場へでむくと、やはりと言うべきか、対戦相手は先ほどサツキに絡《から》んできた若者だった。

上の観客席では、セルキスのとなりにジュウゾウがするりと身をすべりこませたところだった。

「よう。間《ま》に合った。これから嬢ちゃんの試合だな」

大きなガタイの割には身のこなしがしなやかなのは、さすが侍《さむらい》と言うべきだろう。

「ええ。でも……なんだかようすが変で。試合場にはいる手前で、あのふたりもめてるように言いあってて……」

「んん？　いまもなんかくっちゃべってるな」

ジュウゾウは目を眇《すが》めてサツキの対戦相手の口の動きを読んだ。

「ああ、横入りとかひいきとか卑怯《ひきょう》とか楽しいこと言ってんなあ。便宜枠《べんぎわく》ではいったことがばれたな、ありゃ」

「係員に抗議してくる。そんなことを試合前に持ちだすなんて、どっちが卑怯だ」

たちあがったセルキスの腕をジュウゾウがつかんだ。

「オイオイ、待てよ。それくらいの挑発で浮き足立ってたら侍になれねえ。それよか嬢ちゃんを信じてやれよ」

セルキスは迷ったが、こくりとうなずきまた席にもどった。

「よう、ズルはいり。あんた最低じゃねえの。ちったあ良心が痛まないのか？　さっさと棄《き》権《けん》しろよ」

試合場にたっても相手はサツキをののしりつづけた。判定をする侍はちらりと視線をむけただけで止めようとはしない。昨日と同じ注意を淡々と口にするだけだ。

上等だ。

サツキは腹の底で冷めた自分を感じた。

こんな見えすいた挑発、乗るほうが愚かだ。効果があると思うほうも――。

判定をする侍《さむらい》が、はじめの合図をだした。

相手が刀を抜いた。サツキも刀を抜いた。一目で相手も腕がたつことを悟った。

昨日のように速攻はかけにくい。それでもサツキは最初に踏みこんだ。

小手調《こてしら》べにはなった袈裟懸《けさが》けの太刀《たち》を、相手は刀で受け流し、そのままぱっと離れた。

サツキは追いかけはせず相手の呼吸をさぐった。だんだんと自分の呼吸がふかくなるのを感じた。

若者の顔に余裕はなかった。サツキの腕がまぐれでないのを感じたからだろう。

やがて意を決してむこうからしかけてきた。サツキを突き飛ばすほどの勢いで打ちかかる。力では勝っていることを確信しているのだろう。

サツキは相手から猛攻をうけたが、冷静にそれをさばき、最後に半身をひねって受け流し、相手が踏鞴《たたら》を踏んでふり返ったところを刀で突いた。

若者は腹に衝撃を受けて息を止めた。刀が刺さったのだ。

――と、見えたのは幻《まぼろし》で、サツキはちゃんと止めていた。切っ先は服地にのめり込んでいたが、破れてはいなかった。

「勝負あり。勝者、篠桐サツキ」

判定を受けてサツキは刀を引く。肩で大きく息をしながらサツキは一礼をし、あとはふりむかず試合場からでていった。

「サツキ！」

控え室にもどる途中、急いで観客席からおりてきたセルキスがサツキを呼び止めた。

「勝っておめでとう。いまのはいい太刀筋《たちすじ》だったね。ヒロチカのやり方とそっくりだ。よく流れるような突きを敵にいれていたよ。サツキのはまだまだ浅いけど、いずれは――――」

サツキの右手でまた腕輪がチクチクと痛みを与えた。サツキは静かに言った。

「セルキス、すまないけど、それやめてくれないか」

「え？」

「腕輪が右手を刺すんだ。やっとわかった。セルキスが父さんのことを言うと腕輪が反応する。試験中は試合に集中したいから、腕輪を刺激しないでくれないか」

「それは……すまなかった」

「それと。父さんと比べられても困る。私は父さんじゃない。おなじにはできない」

「違う、サツキ。そんなつもりじゃ……」

「悪気《わるぎ》がないのはわかってるよ。でもやめて欲しい。………というより試験会場ではもう話さないほうがいい。それじゃ」

サツキはセルキスの返事も待たずに廊下《ろうか》を歩いていった。

前にセルキスに聞いていた。腕輪がチクチクとするのは、腕輪の持つ霊力のせいで、ため た記憶を見せようとしているのだと。セルキスが父親のことを言うたび、腕輪は反応して痛む。そんなときなぜかサツキの心も乱れざわめいていた。

控え室にもどると、なかにはもうすぐ試合を行う数名が待っていた。

サツキがはじめにすわっていた椅子《いす》に腰掛けてしばらくすると扉が乱暴に開き、サツキに負けたあの若者がはいってきた。

かれはそこに残した自分の荷物をつかむと、サツキに目を止めてずかずかと近づいてきた。

「くそ、まぐれで勝っていい気になるなよ!? おまえなんか次で負けちまうぜ。ズルしてまで侍《さむらい》になりたいのかよ。誇りがあるなら辞退しやがれ。この卑怯者《ひきょうもの》」

「あ～あ、負け犬ほどきゃんきゃん騒ぐのよねえ」

声のしたほうを見ると、扉を開けてユキナがはいってきたところだった。

「気にすることはござらん。篠桐殿は二試合めも勝ち残った。侍の芽があることは皆が感じておる。そこの若人《わこうど》、負けて騒ぐは愚《ぐ》の骨頂《こっちょう》ぞ」

続けてはいってきたもうひとりの男の候補者もサツキの加勢《かせい》についた。

「なんだと、テメエら………覚えてろよ！」

若者は控え室の全員が自分を冷ややかな目で見ていることに気づき、荷物をつかむとまた乱暴に扉を閉めてでていった。

「ありゃ来年きても落っこちるわね」

ユキナが鼻先で笑い、控え室の何人かがたしかにと笑い声をたてた。

サツキはたちあがり、ユキナと自分を庇《かば》ってくれたもうひとりに頭を下げた。


この日の試合で候補者は三十四名まで絞《しぼ》られた。

その中にはユキナと他にもう二名の女の候補者もおり、サツキを庇った古風な言葉遣いの男もいた。

翌日は試験の四日目だった。この頃になると聞いたとおり客席はほぼ埋まり、候補者たちのうちだれが侍になるかの話題で、皆盛り上がっていた。

またこの日は試合がすぐにはじまるのではなく、候補者たちを二列にわけて広間に並ばせ、濡らした藁筒《わらづつ》を前に、居合いの試し切りを行わせた。候補者たちの正面には貴賓席《きひんせき》があり、そこには豪華な衣装を身につけたダール人数名と、ヤエトの民が座っていた。

控え室に戻ってからサツキたちは、そこにいたのがバランダール帝国から来たシュ・ヴェルの大神官たちと、それを案内する御堂《みどう》ショウザだったと聞かされた。かれらが明日の最終試験も見に来ることを聞かされると、ユキナが「なるほど」と声をあげた。

「あの人らの都合で今年の試験日が繰り上がったってわけね。大公様もいい顔しなきゃいいのに。ねえサツキ」

話をふられてサツキもむっつりした顔でうなずいた。受験者早期〆切の原因はこんな所にあったのだった。

候補者たちの試合はだんだん長引く傾向にあった。実力のある者同士の戦いとなったからだ。また判定の侍《さむらい》たちが刀を抜くことも数回あった。候補者のなかに力があまって相手に致命的な一打を浴びせてしまう者もでて、それを寸前でとめるためであった。

ここまできた候補者たちの太刀筋《たちすじ》は皆すばやい。だが侍たちはその遙かに上を行く動きで犠牲者と刃《やいば》の間に自分の刀をすべりこませるのだ。

ユキナは前にサツキの第一試合目を電光石火《でんこうせっか》と評したが、サツキは侍たちのワザを見てこれこそがその言葉にふさわしいと感嘆《かんたん》した。

この日の試合にサツキは勝ち残った。ユキナも勝ち残った。だが残り二名のうちひとりの女剣士は残念ながら負けてしまっていた。彼女はサツキたち勝ち残った女候補者と硬く抱擁《ほうよう》を交わし、「来年追いかけにくるから」と約束して楼閣《ろうかく》を去った。

また勝ち残ったなかにはあの古風な言葉遣いの男もいて、サツキはぼんやりと、自分はかれかユキナと最終試験を争うのだろうなと思った。

四日目が終わり、候補者は十七名にまで絞《しぼ》られた。

帰りがけ、明日の試験で侍に選ばれる人数が発表された。これは毎年変わる数で、それぞれ四将軍が必要な数を申告する仕組みだった。玄武《げんぶ》・白虎《びゃっこ》・青龍《せいりゅう》の軍はそれぞれ三名ずつ。朱雀《すざく》軍は二名の数が言い渡された。

「いやあね、朱雀も三人にしてくれればよかったのに」

ユキナがフンと鼻を鳴らした。それはサツキたちを蹴落《けお》とすべき敵と見なした宣言でもあった。サツキは心が震えた。恐れとは反対の理由でだった。


この日、サツキは難しい顔で宿に帰った。

今日の試合で早くも試合に長袢纏《ながばんてん》を着ている者がいたのだが、サツキはそれを見るまで自分の長袢纏の寸法《すんぽう》を直すことや刺繍《ししゅう》をつけくわえることをすっかり忘れていたのだ。

さすがにいまから刺繍を頼んでも間《ま》に合わせになって、いいものはできないだろう。それぐらいならいっそ父親の着たままで行こうかと考えた。それでも寸法だけは直さねばならないと、と宿で荷物のなかを捜してみたが……見つからなかった。

おかしいなあとあちこちひっくり返して捜していると、セルキスがもどってきた。

「何やってるのサツキ。気分転換に部屋の掃除《そうじ》……をするために散らかしてる？」

「なにわけのわかんないこと言ってる。捜してるんだって明日着る長袢纏《ながばんてん》。セルキス見かけなかったか？」

「ああ見かけた」

「どこで。どこにあった？」

「ん――。いまは僕の手の中」

「はあ？」

たんすに頭をつっこんでいたサツキは、あげるときにガツッと引き出しにぶつけた。頭をおさえながら見てみるとセルキスは確かに包みを持っていた。

包みの中から現れた袖無《そでな》しの長袢纏は、黒地に背中斜め下が真っ赤で、横顔の髑髏《どくろ》と長い刀で仕切られていて、髑髏と刀の縁《ふち》は銀糸《ぎんし》で縁取《ふちど》られていた。そこまでは父親の着たときとおなじだった。違うのは、左肩に桜の花びらが足されていることと、髑髏に刺青《いれずみ》風に青い風の流れが刺繍《ししゅう》されていることと、前面には大きなサクラの花の形の布が、糊《のり》づけされていることだった。

「こ、これ……こんな派手なの……」

「派手だからいいんじゃないか。全部刺繍にもできたんだけど、重くなると思ってね。羽織《はお》ってごらんよ」

「う、ん……。これいつの間に持ちだして頼んできたんだ？」

「最初に郭《くるわ》に来たとき。ジュウゾウさんにごはんに連れて行ってもらうとき、鞄《かばん》につっこんでおいたんだ。言うつもりだったけど、忘れてた。ごめん」

セルキスはあっさりと言ったが、サツキは自分のせいだと思った。このところ腕輪のこともあり、セルキスにピリピリした態度を取っていた。そのため話しかけづらかったのだろう。

サツキが長袢纏を羽織ると、セルキスは笑顔を見せて「すごい似合う」となんども言った。そのうえ部屋の戸を開けて、そのあたりにいた宿の仲居《なかい》まで手招きしてサツキの姿を自慢げに見せまくった。彼女たちももちろん文句なしだと言い、キャーキャーと声を上げて騒ぐものだからしまいには下にいた女将《おかみ》までやってきて、明日の衣装は自分の持ってるあの組紐《くみひも》をあわせよう、いやあっちのほうがいいなどとはじまってしまい、収拾《しゅうしゅう》のつかない大騒ぎとなった。

サツキはしらなかったが、郭中でおこなわれている賭《か》けで、サツキの名はずば抜けて有名になっていた。そのころにはサツキが侍《さむらい》の子だという情報も出回り、いままで大穴的存在だったのに一気に掛け金がはねあがった。

＊　＊

人々が朱雀《すざく》軍にサツキが入るか否《いな》かと大いに盛りあがっている酒場の片隅《かたすみ》で――――。

褐色《かっしょく》の肌をした女がひとりしずかに杯《さかずき》をあおっていた。

そこへ声をかけにきた三人組の男たちがいた。

「よお、姐《ねえ》さん。ちっと外で話せねえか」

三人のうちふたりが足に包帯を巻き、もうひとりは妙に身体の脇を庇《かば》う歩き方をしていた。

「ええ、いいわよ」

女はかるく応じて外へついていった。

「まったく冗談じゃねえ」

「試験にあんな残るほどつええなんて聞いてないぜ」

御堂郭《みどうくるわ》の路地裏《ろじうら》で、男たちは女につめよっていた。

「ちょっと脅《おど》かすだけで充分だっていうからやったのによ」

「そうだそうだ、話が違うじゃねえか」

「俺たち怪我《けが》をしちまったんだぜ。責任とってくれないとな」

「怪我のせいでろくに仕事ができねえ。追加の報酬《ほうしゅう》がねえと、俺たち、あんたのことを侍《さむらい》にしゃべっちまうぜ？」

女が黙って話を聞いているのをいいことに、一番ガタイのいい男が顔を近づける。

女は「しょうがないねぇ」とふところを探った。次の瞬間。

「うがっ……」

男が呻《うめ》いてその場にどさりと膝《ひざ》をついた。胸には深々とナイフが刺さっていた。

「なにっ」

身構えた男たちのもうひとりも「ぎゃっ」と声を上げてのけぞり……首の前をぱっくりとあけて絶命した。血が冗談のように噴き出している男のうしろには、褐色の肌をした女がいた。犠牲者の髪をつかみ、右手にぎらりと光るナイフを持っていた。

「な、な、な……」

「馬鹿よねえ、私の前にのこのこ現れなきゃ、見逃してやろうと思ったのに。親切にも矢を撃って、あんたたちのこと逃してもあげたのに」

女は喉《のど》をかききった男の死体を無造作《むぞうさ》に捨て、残ったひとりにむかった。

「あ、あの矢……おまえの」

「そうよ。まだ喋《しゃべ》られちゃ困ったからね。あんたたちにはほんと失望した。あんな小娘にあっさりやられるんだもの。実力を見るどころじゃなかった」

褐色《かっしょく》の肌の女はゆっくり男に近づき、男はじりじりと後じさり、とうとう背中を壁にぶつけた。

「あの子の力の程は今日の試合でだいたいわかったからいいんだけど……。あとは一緒にいる若い子が本当にヴェルアンのタリハなのかどうか、はっきりさせなくちゃね。まあ、黒い矢も残してあげたし、私のことがわかれば、あちこち動かざるを得ないだろうけど……」

ブツブツと独り言をつぶやく女の前で、男は大きく目を見開いた。

「黒い矢？　弓矢使いで、ナイフの達人で、南方諸島の女。おまえ……まさかあの黒弓《くろゆみ》のルウナ……！」

女は男をまともに見てにこりと笑った。

「ご名答」

「ま、待て、喋《しゃべ》らねえ、言わねえ、なんにも。すぐに郭《くるわ》からでてく。だから――」

女のナイフが男の胸に吸いこまれた。男は信じられない面持《おもも》ちで自分の胸に生えたナイフを見た。それが男の見た最後の光景だった。

褐色の肌をした女、ルゥナは男たちの胸に刺さったナイフをぐっとぬきとると、かれらの服で血糊《ちのり》を拭《ぬぐ》い、あとは一度もふりかえらず路地《ろじ》の闇のなかへと姿を消した。

＊　＊

とうとう侍《さむらい》試験の最終日がきた。

サツキは父の残した長袢纏《ながばんてん》を身につけ、額《ひたい》にそろいの深紅《しんく》の長はちまきをして試合にのぞんだ。対戦相手は昨日予想したとおりユキナだった。

「正々堂々、悔いのない勝負にしましょうサツキ」

青地に純白の鶴を背負った優雅な長袢纏を着たユキナが言う。サツキは微笑《ほほえ》んでうなずき、試合がはじまった。

ユキナは強かった。当たり前だがいままでに戦ってきたなかで一番強かった。機敏さはサツキとおなじぐらいで、経験はサツキのうえだった。

なんどか刀同士をあわせ、隙《すき》を狙って突き、それをよけられて反対に脇を狙われ、サツキはさらに刀ではじいて前へ転がり、足払いをかけた。ユキナは間一髪《かんいっぱつ》よけて遠くにとびすさる。

互いに息が荒くなっていた。

ユキナが青眼《せいがん》のかまえをとる。サツキもそれにあわせる。

そのまましばしふたりとも動かなくなる。

サツキのまわりで音が消える。他の光景が消える。目の前のユキナだけがくっきりと浮かび上がったように見える。

ユキナの刀の切っ先がかすかに揺れているのが見える。サツキの切っ先も同様だった。

ふとサツキは、互いの刀同士が見えない糸で繋《つな》がっているかのような感覚になった。

サツキは刀を左にひき、半身をひねった。ユキナの眼が細くなる。彼女からサツキの刀が見えなくなったのだ。

ユキナは勝負に出た。青眼《せいがん》のかまえで待つよりも攻撃に出るほうを選んだのだ。

たあっと気合いを入れてユキナがサツキに刀をふる。

その刀が自分に届く寸前、ユキナがもう切っ先を修正できない瞬間を見定め、サツキは下《げ》段《だん》の下をかいくぐるように一歩大きく踏みこんで、必殺の一撃をユキナの胴に打ちこんだ。

刀はユキナの腹を切り裂《さ》き、乳房の下で肋骨《ろっこつ》に当たって止まる。その光景がユキナにもサツキにも見えた。

「それまで」

ギィ……ンと耳障《みみざわ》りな音がしてサツキの刀はユキナの身体の前で止まっていた。

そこには侍《さむらい》の抜いた神力刀《しんりきとう》がしっかりと存在し、ユキナの身体を守ってくれていた。

サツキはほーっと息を吐いた。ユキナはまだ息もできずにいた。

「勝者、篠桐サツキ！」

判定の声があがり、この勝負に固唾《かたず》をのんで見入っていた観客たちから歓声と拍手《はくしゅ》がわき起こった。


すべての試合が終わったあと、今年の合格者、侍《さむらい》の称号をえる者の名が呼ばれた。

サツキの名はむろん読みあげられた。そしてユキナの名も呼ばれた。落ちたのはもうひとりの女剣士だった。サツキが気にしていて、庇《かば》ってもらって以来ぽつぽつと言葉を交わすようになった古風な話し方の男も、合格をしていた。サツキはそのことを喜んだ。

「おめでとう」

係員が今年の合格者十一名ひとりひとりに言う。

「ありがとうございます」

サツキは答え、そして他の仲間たちにならって、長袢纏《ながばんてん》を脱ぎ、大きく頭上にふった。

「ありがとう。みんなありがとう――」

客席のセルキスや宿のみんなやジュウゾウが手をふりかえすのが見えた。

かれらに感謝の言葉を叫びながらサツキは胸のなかで、もうひとり大切な人に言葉をかけていた。

（父さん――見えた？　見ててくれた？　わたし約束どおり侍になったよ）

「応援してくれて、ありがとう――」

大声で叫ぶと、長袢纏のなかの髑髏《どくろ》が大きくゆれた。

よくやったと笑ったように見えた。


サツキが試験に受かった夜は、ジュウゾウや『寒桜《かんざくら》』の女将《おかみ》以下全員が総出でサツキを店の前まで出迎え、歓声をあげ盛大に祝ってくれた。みんなはサツキを応援するため、楼閣《ろうかく》へ応援に行くどころか賭《か》けクジまで買っていたのだ。クジの上がりのいくらかが侍になった候補者にも支払われることを、サツキは金をもらって初めてしった。

宿の板前は腕によりをかけたご馳走《ちそう》をだし、サツキはもちろんのこと舌の肥《こ》えたセルキスまでもうならせた。他にもサツキに賭けて大金をもうけたものが『寒桜』へお祝いにたちより、酒や魚や錦織《にしきおり》の帯やら金糸《きんし》の組紐《くみひも》やらを置いていった。気のきいた者はサツキが年頃の女の子ということで甘い菓子などを届けてよこした。

また籐桐ヒロチカの娘ということで、宿には白虎《びゃっこ》軍の侍たちも入れ替わり立ち替わり顔を見せ、お祝いの言葉や祝儀《しゅうぎ》を置いていった。

この騒ぎは永遠に続くかと思われたが、あれほどあった酒もだれかに飲み干され、料理も食べ尽くされ、真夜中を過ぎるころにやっとサツキは解放された。

大宴会をしていた大広間から二階の小さな部屋へもどると、そこにはすでにセルキスが待っていた。

「遅くなってごめん。もっと早く来たかったんだけど」

「いいよ、わかってる。僕も途中までいたからね」

セルキスはサツキが腕輪に手を置いているのを見た。

「侍《さむらい》になったからわたしはこれを、正式に扱う資格ができたんだよね」

「ああ。正式に譲《ゆず》る資格も得た。すぐにはじめる？」

「待った。その前に、腕輪が見せてくれるものを見たい。こいつがわたしに見せたがったものをさ。できる？　見えるかな」

「……もちろん。じゃあ僕の言葉にあわせて言うんだ」

セルキスは静かに言葉を発した。サツキはそのあとをなぞってつぶやいていく。

腕輪がくっとしまっていく。

サツキの肌になめらかに吸い付く。

そして記憶の洪水《こうずい》がサツキをさらった。

＊　＊

だれか女の顔が目の前にあった。

太い眉《まゆ》、うつくしい琥珀《こはく》の双瞼《そうけん》、意志の強さの表れた頬《ほお》。それでもくちびるは女らしくふっくらとしていた。よく日に焼けた肌に長いたっぷりとした黒髪がおちる。

自信を持った声が名前を呼ぶ。

『ヒロチカ――。ひよっこ侍《ざむらい》――。わが友、ヒロチカ――』

ああ。

これはタリハだ。父親が旅をしたヴェルアン。大切な人タリハだ。

ものすごい美人というわけではない。ダール人にしては色も黒く、金髪でもない。

けれど視覚ではない、心が惹《ひ》きつけられた。

記憶はサツキの中にどんどん流れ込んできた。あまりにも早くてすべてを見ることはできなかったが、父親がタリハと並んで歩く場面は繰り返しあらわれた。草原を行くふたり。乾いた大地を行くふたり。星空の下、天幕を張って語らうふたり。吹雪《ふぶき》の吹きつけるなか、はぐれないよう腰に綱《つな》を結んで一歩一歩すすむふたり。

夜盗《やとう》に囲まれタリハは剣を抜いて戦っていた。ヒロチカは彼女を守るためにためらいなく夜盗たちを斬《き》り捨てていた。彼女の背後をねらう敵がいれば、すかさず助けにむかった。そのために自分が傷を負っても痛みなど感じてないようだった。命懸けでタリハを守った。

そして夜が明け、生きのびたふたりを朝日がてらす。お互いに肩を抱きあい、まぶしそうに目を細め、生を喜び笑いあうふたり。背中をたたき合い、歩きだすふたり。

こんな旅をしてきたのかと思うと、胸がいっぱいになった。

そして――――。

『タリハ！　タリハ……！　頼む死ぬな、頼む』

父親が瀕死《ひんし》の重傷を負ったヴェルアンを抱きしめていた。

ふたりを狙う敵に捕まり、そこを脱出するときにタリハは傷を負った。それはヒロチカを助けるためだった。

『腕輪を、おまえに託《たく》す。前にも話したな、使者が来るまで、おまえが守っていてくれ……』

タリハは銀の腕輪を外し、正式にヒロチカへ譲《ゆず》ると宣言して渡した。こうして腕輪は篠桐ヒロチカのものになったのだ。腕輪を腕にはめ、父親はなお守りきれなかったヴェルアンの名を呼んだ。

タリハは言った。自分の時は尽きかけていた。あと二月《ふたつき》、ヒロチカの犠牲の上で生きるよりも、ヒロチカが生き延びたほうがいいのだと。

『…………結婚して子供を持って、幸せになれ。私の魂《たましい》はしばらく幽界《ゆうかい》をただよう。その間おまえの家族とおまえの子供のことを夢見ているよ。寂しくはない』

タリハの頬《ほお》にしずくが落ちた。ヒロチカの涙だ。タリハは微笑《ほほえ》んだ。

『泣くな。侍《さむらい》だろう。泣くな』

それが最後の言葉だった。聡明《そうめい》な琥珀《こはく》色の瞳からは急速に光が失われていった。

父親の絶叫に、サツキは心を揺さぶられた。


気がつくとサツキは椅子《いす》にすわっていた。目の前には心配そうにみつめるセルキスがいた。

「だいじょうぶかい？」

青い瞳がたずねる。色は違っていてもおなじだ。聡明な瞳だと思った。

問には答えずサツキは逆に聞いた。

「ねえ、夢に見てたの？　わたしの家族や、わたしのこと」

セルキスは一瞬きょとんとしたが、質問の意味を理解すると、ゆっくりと微笑《ほほえ》んだ。

「ああ。僕が僕になる前の魂《たましい》が、夢に見てた。サツキのこと、家族のことを。見えるのは魂の形だけだったから男か女かわからなかった。でも、サツキは力強くキラキラとかがやいてた。それがどれくらいの慰めになったか、わからないだろうね」

「見えたよ、腕輪の記憶。セルキス……ありがとう。父さんに会いに来てくれて、本当にありがとう……」

心からの礼を言い、サツキは顔をあげた。

そして銀の腕輪に触れながら、ひとつの提案をした。

終章

「母さんに手紙をだしてきたよ。ちょうどむこうへ帰る家族連れがいて、あずかってくれた。だいじょうぶ、その人は落ちたけど手紙をすてたりしないって」

セルキスのまなざしの意味を素速く読み取りサッキは先手を打った。その腕にはサツキが返した銀の腕輪がはめられている。

サツキはこれから侍《さむらい》の命でもある神力刀《しんりきとう》を受けとるまで、一月《ひとつき》ほど郭《くるわ》に滞在することになっている。

父親の刀は明日、白虎《びゃっこ》将軍にあってお返しするつもりだが、その時に聞いてみようと思っていた。父親の刀を自分に使わせてもらえないかと。もし許されれば父親のささやかな最後の望みも叶《かな》えられるのだ。

最大の望みのほうはもう叶えてしまっていた。

セルキスと一緒に旅をすること。かれを守る刀になること。

腕輪の記憶を見たあとにサツキはそうさせてくれと頼んでいたのだ。

セルキスは最初無言だった。迷っていたのだと思う。

それから、こう言った。

「ありがとうサツキ。よろしく頼む」と。

サツキはそれらのことを母親への手紙に書いた。

返事にはきっと「そうでしょうとも」と書いてあることだろう。

刀を授かったら一度もどってみるのもいいかもしれない。タスケ夫婦の赤ん坊はそのころ生まれたばかりだろうし。

そうセルキスに言うと、ひどく深刻な顔で悩まれてしまった。

「いや、いいんだ。べつにどうしてもってわけじゃないし。どこか急いで行くところがあれば、もちろんそっちを優先させるべきだし」

サツキが慌《あわ》てて言うと、セルキスはすまし顔で言った。

「なに勘違《かんちが》いしてるんだよ、サツキ。急いででかける先なんてないよ。ただ、出産祝いってなにを持って行けばいいのかなって……」

うそぶくセルキスの背中をサツキはぽかりとなぐった。

「そっちで悩んでたのか!?　おまえ絶対わざとだろう！」

「あ、また『おまえ』がでた」

セルキスが指摘するとサツキは顔をしかめた。

「ごめん、つい。でもまだ一回きりだよ」

「二度目だよ」

「え……いつ、言った？」

「郭《くるわ》に来る前。僕が熱を出して、先に郭に行けと言ったとき、怒っておまえって言ってた」

「なんでその場で言わなかったのさ」

「そんな元気なかったし……覚えておいてあとでとりたてるほうが——楽しそうだった」

セルキスはサツキを見てにやりとする。

「お、おまえなあ——」

「いまので三回目だよ」

「く………。性格悪いって、言われないか？」

するとセルキスは声をあげて笑った。

「実はよく言われるんだ。これからよろしく頼むよ」

――空を青い鳥が飛んでいた。
それは天の高みを目指してどんどんと昇っていき、不意にかき消えた。
女神シュ・ヴェルの手に抱かれたのだ。
鳥は長い物語を女神に語るだろう。
ヤエトの侍《さむらい》サツキとダール人のヴェルアン、セルキスの物語を。

――続く――

あとがき

みなさまこんにちは。この本を手にとって下さってありがとうございます。ルルル文庫創刊第二弾に混ぜていただきました。『ヴェルアンの書』です。

本屋でパラパラとめくった方のために説明すると、この物語は和洋折衷《せっちゅう》ごちゃ混ぜファンタジーです。

侍《さむらい》を目指すヤエトの民の少女サツキ。

幾つもの前世の記憶を持つヴェルアン族の少年セルキス。

このふたりの冒険の物語です。

物語の出発点、大陸の西の端にある半島はサツキたちヤエトの民が住み、そこはまるで昔の日本のようです。けれどセルキスのほうは大陸の東の生まれ。一巻にはでてきませんが雰《ふん》囲気《いき》はガラッと変わって西洋風です。なんとも無茶な世界観ですが、興味を持たれましたらぜひ読んでみて下さい。

——ここから本編を読んだ方へ。

一巻目は主にサツキの物語。次巻からはいよいよサツキとセルキスの冒険です。謎《なぞ》の多いヴェルアンについても、もっともっと深く触れていきます。当然セルキス以外のヴェルアンも出てきます。また最後のほうに出てきた〝黒弓《くろゆみ》のルゥナ〟。彼女もどんどん絡《から》んできます。今回書ききれなかった女将軍朱雀《すざく》とか、御堂郭《みどうくるわ》の王様御堂ショウザとか、早く登場させたいです。この物語は変な大人が一杯です。

侍試験のくだりを書いているとき、ふっと物語に飛び込んだユキナ。彼女がいてくれてわたしもサツキもすごく助かりました。試験中に嫌な思いをしたサツキですが、ユキナだったらあとでこんなこと耳打ちしていそう。「今度あんな難癖《なんくせ》つけられたら、そいつの◯◯けっ飛ばしちゃいなさいよっ！」ね、言いそうでしょう（笑）。でもサツキは「それは卑怯《ひきょう》じゃないか？」と言って、ユキナは「まさか命懸けの勝負の時でもためらうの？」と聞いて、サツキは「……ためらわない」と答えて、脇で聞いてたセルキスは（サツキに余計なこと教えるなーッ）って睨《にら》みつつ、でもイタイ話なので耳塞《ふさ》いでる……そんな光景が目に浮かびます。

よろしかったらこれからもかれらを応援してください。

それでは次巻でまたお会いいたしましょう！

榎木洋子

榎木洋子公式ホームページあります。

http://www.shuryu.com/　携帯は http://www.shuryu.com/imode/

♡本書のご感想をお寄せください♡

〒101−8001　東京都千代田区一ツ橋二−三−一
小学館ルルル文庫編集部　気付
榎木洋子先生
あき先生

小学館ルルル文庫

ヴェルアンの書
～シュ・ヴェルの呪い～

2007年7月4日　初版第1刷発行

著者　榎木洋子

発行人　辻本吉昭

編集人　鈴木敏夫

発行所　株式会社小学館
〒101-8001　東京都千代田区一ツ橋2-3-1
編集　03(3230)9166　販売　03(5281)3556

印刷所
製本所　凸版印刷株式会社

© YOKO ENOKI 2007
Printed in Japan

定価はカバーに表示してあります。

●本書の全部または一部を無断で複製、転載、上演、放送等をすることは、法律で認められた場合を除き、著作者及び出版者の権利の侵害となります。あらかじめ小社あて許諾をお求めください。
Ⓡ<日本複写権センター委託出版物>本書の全部または一部を無断で複写(コピー)することは、著作権法上の例外を除いて禁じられています。本書からの複写を希望される場合は、日本複写権センター(TEL 03-3401-2382)にご連絡ください。
●造本には十分注意しておりますが、万一、落丁・乱丁などの不良品がありましたら、「制作局」(TEL0120-336-340)あてにお送りください。送料小社負担にてお取り替えいたします。(電話受付は土・日・祝日を除く9:30～17:30までになります)

ISBN978-4-09-452016-3

小学館

ライトノベル大賞「ルルル文庫部門」受賞者

フレッシュなルルル文庫発の新人作品

大・好・評 発売中

続々デビュー

広大な沙漠《さばく》へ
少女は運命の
旅に出た！

小学館ライトノベル大賞
大賞
受賞作デビュー
ルルル文庫部門

沙漠《さばく》の国の物語
〜楽園の種子〜

倉吹《くらふき》ともえ
イラスト／片桐郁美

水をもたらす奇跡《きせき》の樹の種子を預けるに相応《ふさわ》しい町を広大な沙漠の中から探す使者に選ばれた少女ラビサ。旅立の直前、盗賊団《とうぞくだん》にラビサの町が襲撃《しゅうげき》され彼女に危険が。謎の少年ジゼットに助けられ二人の運命の旅が始まる!

小さな王子様に
連れられて
魔界へ……

小学館ライトノベル大賞
ルルル賞
受賞作デビュー
ルルル文庫部門

愛《あい》玩《がん》王子

片瀬由良
イラスト／凪《なぎ》かすみ

飼い犬がくわえてきた指輪をはめてしまったせいで、比奈はミニサイズの王子様と一緒に魔界に行くことに！ 魔界でそれなりに楽しく過ごす二人だったが、大事件に巻き込まれ比奈《ひな》が大ピンチに！

流浪の王女と
BURAIな
騎士《ナイト》たちの
王道ファンタジー！

小学館ライトノベル大賞
期待賞
受賞者デビュー
ルルル文庫部門

BURAIなやつら
～流浪の王女～

あまね翠《すい》（受賞時、歌見朋留を改名）
イラスト／遠藤海成

反逆により国を追われた王女ルティアナ。国を奪回するべく男装して旅に出た彼女は、強くて変わった男たちと出会う。彼らは敵？ それとも…!? 流浪の王女とBURAIな騎士《ナイト》たちが繰り広げる痛快ファンタジー開幕！

第2回

小学館ライトノベル大賞
ルルル文庫部門
原稿大募集!

ルルル文庫では「ファンタジック」「ドラマチック」
「ロマンチック」をテーマにした、少女向け小説を大募集!
女の子がドキドキワクワクする、
あなたにしか書けない物語で作家デビューしませんか?

大賞

賞金200万円&応募作での文庫デビュー

ルルル賞

賞金100万円&デビュー確約

佳作

賞金50万円&デビュー確約

期待賞

賞金10万円&毎月2万円を1年間支給

内容

ビジュアルが付くことを意識した、エンターテインメント小説であること。

ファンタジー、ミステリー、恋愛、SFなどジャンルは不問。

商業的に未発表作品であること。(同人誌や営利目的でない個人のWEB上での掲載作品は可。その場合は同人誌名またはサイト名を明記のこと。)

資格

プロ・アマ・年齢不問

原稿枚数

ワープロ原稿の規定書式【1枚に41字×34行で印刷のこと】の場合は、15〜125枚。400字詰め原稿用紙の場合は、45〜420枚程度。
※規定書式と原稿用紙の文字数に誤差がありますことご了承ください。

応募方法

次の3点を順番に重ね合わせ、右上を必ずひもで綴じて送ってください。

❶応募部門、作品タイトル、原稿枚数、郵便番号、住所、氏名(本名、ペンネーム使用の場合はペンネームも併記)、年齢、略歴、電話番号の順に明記した紙
❷800字以内でのあらすじ
❸応募作品(必ずページ順に番号をふること)

締切

2007年9月末日(当日消印有効)

発表

2008年3月下旬、小学館ライトノベル大賞公式WEB(gagaga-lululu.jp)及び同年4月発売のルルル文庫巻末にて。

応募先

〒101-8001　東京都千代田区一ツ橋2-3-1小学館コミック編集局
ライトノベル大賞【ルルル部門】係

ご注意

◆応募作品は返却いたしません。
◆選考に関するお問い合わせには応じられません。
◆二重投稿作品はいっさい受け付けません。
◆受賞作品の出版権及び映像化、コミック化、ゲーム化などの二次使用権はすべて小学館に帰属します。
◆応募された方の個人情報は、本大賞以外の目的に利用することはありません。

くわしくは、小学館ライトノベル大賞公式サイト
http://gagaga-lululu.jp をご覧ください。

少年向けエンターテインメント「ガガガ文庫」部門も原稿を募集中!

小学館
ルルル文庫
イラスト大賞

小学館ルルル文庫では、
イラストレーターを広く募集いたします。
ルルル文庫でイラストが描きたい!
という皆様、奮ってご応募ください!

応募資格

プロアマ、年齢不問。
ただし、将来的に小学館ルルル文庫でイラストが描けること。

賞

優秀賞(各期ごと)・・・・・・・**10万円**
大賞(年間1名)・・・・・・・・**100万円**
佳作(年間1名)・・・・・・・・・**50万円**

募集概要

1年を4回の「期」にわけて審査します。各期の応募作品の中から、
当文庫でお仕事をお願いできる水準の方に「優秀賞」を授与。
また、年間を通して各優秀賞受賞者の中から
「大賞」1名、「佳作」1名を選考いたします。

期の区分けについて		
第1期	1〜3月	締め切りは3月末日消印有効
第2期	4〜6月	締め切りは6月末日消印有効
第3期	7〜9月	締め切りは9月末日消印有効
第4期	10〜12月	締め切りは12月末日消印有効

審査はルルル文庫編集部で行います。